KB110013

독서는 인생이다

독서는 인생이다

오세주

넌 나에게 그런 의미야
하루라도 보지 않으면 채워지지 않아
알고 있니?

책에는 쉼이 있고 대화가 있다
소소한 나눔도 있다
마음으로 안아 올리는 겸손함도 있다
꾸미지 않아도 누가 탓하지 않는
너그러움도 있다

한 장 한 장 들여다보는 길이 있다
속속들이 등장하는 사연들이 있다
긴 세월을 소개하는 마법 같은 진리가 있다

독
서
이
야
기

   아이들은 독서를 먹고 자란다. 꿈을 키우고 새로운 희망을 그려간다. 공동체 의식도 독서로 싹을 틔운다. 독서는 아이들이 세상을 살아가는 자양분이다. 단 한 권의 책이라도 그 책이 주는 재미와 교훈에 빠져든다면 누구나 창의적인 사람으로 성장할 수 있다.

   독서는 아이들에게 무한한 조각 예술의 완성인 상상력과 창의력을 키워준다.
   책은 아이들의 마음을 풍요롭게 꿈을 키워주는 원동

력이다. 따라서 어렸을 때 아이들이 독서에 재미를 붙이게 하는 것은 매우 중요한 일이다.

나는 꿈나라 서점을 운영하면서 아이들과 독서로 소통하며 오랜 시간을 보냈다.

지금부터 그 이야기를 풀어 놓으면서 아이들에게는 책을 읽는 재미를, 어른들에게는 아이와 함께 독서를 재미있게 즐길 수 있는 방법을 제시해 본다.

이 책이 나오기까지 아낌없는 격려와 도움을 주신 이승하 교수님, 이정하 시인님, 이천저널, 부여군민신문사와 함께 문학 활동을 하고 있는 다솔문학과 이천문협 문우들에게 진심으로 감사드린다. 아울러 지금도 독서로 함께 하는 사랑하는 제자들과 독자들에게 큰 희망으로 다가서길 기대해 본다.

독서로 함박 웃는 세상을 떠올리며
오세주

책
전
도
사
에
게

문
화
훈
장
을
!

책을 일찍, 폭넓게 섭렵한 학생들의 학업 성취도가 그렇지 않은 학생들보다 훨씬 높게 나왔다는 조사 결과가 최근에 나왔다. 동영상 화면을 매일 보며 자라난 아이들의 학습 능력이 날이 갈수록 뒤처진다는 결과도 함께 보도되었다. 아이들이 게임하는 것을 방치하지 말라면서 책을 손에 쥐어준 사람이 있다.

한국 출판문화계가 고마워해야 할 인물인 오세주 시인은 한평생 아이들과 청소년들에게 독서의 즐거움을 설파해온 책 전도사다. 독서에 관한 고전적인 명언 '책 속에 길이 있다'나, '사람이 책을 만들고 책이 사람을 만든다'가 지금은 통하지 않는다. 아이들과 청소년들이 책을 읽지 않고 있기 때문이다.

스마트폰을 들고 게임을 하거나 웹소설을 읽고 있는 청소년들에게 책 읽기의 즐거움과 보람을 들려준 오세주 시인의 독서 칼럼이 한 권의 책으로 나오게 되었다. 책을 위한 책이요, 독서를 안내하는 독서 지침서다. 한국 출판계가 나날이 위축되고 있지만 오세주 시인 같은 분이 있어서 지탱이 되고 있다고 생각한다.

이 책에는 독서지도 현장의 이야기가 실감나게 펼쳐지고 있다. 책을 통해 알게 된 지식이 우리의 영혼을 살찌운다. 왜? 그것은 단순한 지식과 정보가 아니라 우리의 사색을 유도하는 높은 철학과 깊은 교양이 그 안에 담겨 있기 때문이다.

이 시대의 책 전도사에게 정부는 문화훈장을!

이승하(시인, 중앙대 교수)

사색의 나무의자

겁이 더럭 날 때가 있다. 요즘 너무나 빨라서. 주변을 둘러보면 빠르게 달려가는 것들 일색인데 나만 뒤처지는 게 아닌가 싶어서.

그런데 반갑게도 조금 느리게 가도 괜찮다고 하는 사람이 있다. 바로 이 책의 저자 오세주 시인이다.

그는 말한다. 독서하듯 가야 하는 것이 인생이라고. 책장을 빠르게 넘기면 빠뜨리는 것이 많듯 우리 인생도 급하게 가다가는 놓치는 것이 많을 것이라고. 급하게만 갈 것이 아니라 가끔은 멈춰 서서 자신이 걸어온 길, 그리고 자신의 주변을 살펴봐야 한다고.

그 사색의 나무의자를 놓아주는 것이 책이다. 책에 담겨 있는 그 무수한 삶의 여정들, 그리고 삶의 지혜. 하루라도 책을 읽지 않으면 채워지지 않는다는 그이기에 이번에 출간되는 그의 책 <독서는 인생이다>는 내 마음을 설레게 했고, 읽는 순간 구구절절 고개를 끄덕이게 했다.

급한 데 길들여져 있고, 빠르지 않으면 참지 못하는 청소년이나 어린 아이들에게도 적극 권하고 싶은 책이다. 앞으로의 인생을 살아가는 데 있어 이만한 선생님과 친구는 없을 테니까. 컴퓨터, 전자오락, 온갖 영상물이 판치는 이 급박한 세상에서 가끔은 멈추어 서게 할, 그리하여 자신을 둘러보고 더 나은 미래를 그려보게 할 사색과 성찰의 나무의자 하나쯤은 필요하지 않겠는가.

이정하 (시인)

만났다면 진작에 이런책을

시집 <아내가 웃고 있다>의 영역본(My Wife Is Smiling and Other Poems by Oh Se Ju, Cyberwit, 2018) 번역자로서 오세주 시인의 독서에 대한 열정, 독서의 중요성을 가르치는 데 대한 열정을 익히 알고 있기에 이 책의 출간을 진심으로 축하한다.

나는 한국전쟁 직후에 서해안 평야지대에서 태어나 어린 시절을 보냈다. 집에는 물론이고 학교도 읽을 만한 책이 많지 않았다. 하지만 열악한 환경에서도 책 읽기를 좋아해서 문학을 전공하고 문학을 읽고 분석하는 일이 필생의 업이 되었다. 지금 내가 가장 아쉽게 여기는 것은 고등학교를 마칠 때까지 독서에 대한 별도의 교육을 받아 본 기억이 없었기에 어떤 책을 왜 읽어야 하는지 알지 못했다는 것이다. 입시에 매달리던 중·고등학교 시절 문학도 높은 점수를 얻기 위해 외우듯이 배웠다는 것이다. 참, 아쉬움이 많은 시절이었다.

오세주 시인이 독서에 대한 새로운 저서의 추천사를 부탁하며 보내온 원고를 보며 잠시 환갑이 넘은 나이를 아쉬워하며 옛날을 떠올려 보았다. 그때 내가 이런 선생님의, 이런 책을 만났다면 지금보다 더 풍부한 감성을 갖춘 인생의 행로를 걷고 있지 않았을까?

이 책을 펼쳐 든 모든 분들이 시인의 맑고 아름다운 독서인생에 푹 빠져들 것이라 믿는다. 이국땅 미국에서 원고를 받아 들고 내가 푹 빠져들었던 것처럼!

— 한재남(John J. Han, 시인, 미주리뱁티스트대 교수)

목차

005   일상의 놀이처럼

독서를 즐기는 아이들

동
시
처
럼

어린이 눈높이로 바라본 자연은 아름답다. 맑고 순수하고 꾸밈이 없는 세상이다. 동심을 글로 옮기면 그 자체가 호기심을 충족시키는 과정이다.

봄이 되니 바람이 분다. 귓가에 스치는 봄바람은 겨우내 얼었던 마음을 새롭게 한다. 마치 동심을 지닌 세상처럼 스치는 모든 환경들이 기쁘다.

독서를 지도하면서 다양한 아이들을 만난다. 상상력으로 사물을 표현하는 아이, 단어를 활용해 창의력을 키워가는 아이, 쓰기를 통해 논리력을 키우는 아이 등등.

아이들은 다양하게 자신의 능력을 발휘하고 있다. 아이들은 자유롭게 습작을 훈련시키면 글쓰기에 자신감을 갖는다.

지후는 초등학교 3학년이다. 어려서부터 독서를 했다. 지후는 글쓰는 것을 어려워했다. 차근차근 독서를 배우더니 곧잘 글을 써 내려간다.

지후는 요즘 동시를 열심히 쓴다.

봄비

박지후(초3)

봄비가 주룩주룩
내리는 날에
새싹이 싹튼다

봄비가 주룩주룩
내리는 날에
미세먼지 사라진다

봄비가 주룩주룩
내리는 날에
알록달록 우산 쓰고
친구들과 걸어 간다

주룩주룩 내리던 봄비
나뭇잎에 이슬 가득
하늘에 맑은 공기
친구들과 행복한 추억

봄비에 대한 지후의 관점이 맑고 아름답다. 동시를
쓰면서 지후는 독서에도 재미를 붙였다. 지후는 동시
를 쓰면서 마냥 신을 낸다.

초등학교 3학년생 효진이는 매주 선생님을 찾는다.

기다려 진다나!

아침에 일어나면 어느 새 독서를 노래 부른단다.

독서에 '독'자도 모르던 아이가 몇 개월 지나지 않았는데 확 달라졌다. 매주 친근하게 다가와 책을 읽는다. 그것도 아주 감칠맛 나게 읽어 간다. 누가 시키지 않아도 자기 독서를 척척 해 나가는 효진이가 자랑스럽다. 효진이는 독서로 선생님과 찰떡처럼 통한다.

매주 독서로 역사와 인물에 대해 이야기를 나눈다. 내가 아이들에게 항상 강조하는 것은 사람이 되라는 것이다. 독서지도를 통해 자연스럽게 왜 사람이 되어야 하는지 중요성을 일깨워준다. 인성이 올바로 서지 않으면 아무리 독서를 해도 소용이 없다는 것을 강조한다.

눈이 내리는 어느 날 효진이가 왔다. 첫눈이 내렸던 그 순간을 기억한 모양이다.

"선생님, 지난 번 눈이 하얀 드레스처럼 보였어요."
"그래, 너 그때 눈을 자세히 보았구나?"
"네, 눈이 꼭 엄마 사랑처럼 보였어요, 포근하구요."
"아, 그랬구나! 기특하네."

효진이는 하늘에서 내리는 눈에 대해 독서로 이야기 하고 싶었던 모양이다. 평범한 일상의 눈이 아니라 독서에서 배운 대로 자기만의 표현을 찾으려 노력하는 모습이 보였다.

효진이는 그림을 그릴 때에도 다르게 표현하려고 노력한다. 또래보다 좀더 세밀하게 표현하고 성숙한 색상을 활용한다. 기본적인 색의 요소를 알고 자신의 생각에 맞게 창의력을 발휘하려고 한다.

독서지도에서 질문은 매우 중요하다. 대부분의 아이들의 질문은 책에 나오는 스토리 위주다. 하지만 효진이는 스토리보다 한 발 더 나아가 책에 담긴 주제에 접근하는 '현상'에 대해 질문할 줄 안다.

"선생님, 왜 우주가 있나요?"

"고흐는 왜 해바라기꽃을 그렸을까요?"

"피카소는 입체파인데 왜 입체파라고 하는 거예요?"

"석주명은 나비박사라고 하는데, 나비들이 하늘을 날 때는 어떤 기분일까요?"

"첨성대를 만들었던 선덕여왕은 신라 사람들을 얼마나 사랑했을까요?"

효진이는 질문을 생각한다. 표정을 보면 깊게 들여다보고자 하는 눈빛이 역력하다.

독서 후에 사실적 이해도 정확하다. 첨성대에 관한 책을 읽고 나서 첨성대를 건립할 때 들어갔던 벽돌이 365개란 사실도, 그 벽돌의 개수가 1년 365일과 밀접하게 연관되어 있다는 것을 안다.

효진이와 고흐 수업을 했다. 처음 접하는 고흐라 효진이도 '누굴까?' 생각한 모양이다. 집에서 리딩을 많이 해 왔다. 고흐에 대해 척척 말한다. 고흐가 화가이기에 그림을 좋아하는 효진이는 신이 났다. 고흐를 소개하면서 색에 대해 이야기한다. 독서로 다가온 고흐가 마냥 신기하게 보인다고 했다.

"효진아, 너는 무슨 색깔을 좋아해?"
"선생님, 저는 고흐가 좋아한 노란 색을 좋아해요."
"그래, 고흐는 왜 노란색을 좋아했을까?"
"후후, 그건 묘지에서 좋아했다고 하던데요."
"센스가 있는데, 효진아."

효진이와 대화를 통해 독서가 얼마나 중요한가를 생

각한다. 수동적인 사고는 언제나 수동적인 일을 고집하지만, 능동적인 일을 계획하는 사람은 언제나 능동적인 성과를 얻게 된다.

효진이는 에디슨처럼 호기심이 많다. 무엇이든 궁금하면 물어본다. 역사를 배울 때도 인물을 배울 때도 그냥 넘어가지 않는다.

매주 먼 곳에서 독서를 공부하기 위해 달려오는 효진이가 자랑스럽다. 추워도 내색하지 않는다. 꾸준하게 그림을 그리며 인물을 생각한다.

효진이는 정말 성실하다. 말하지 않아도 이제는 "할 수 있다."는 자신감이 넘친다.

독서에 완전히 흥미가 붙었다. 딱딱한 암기식 공부가 아닌, 스토리텔링으로 매일처럼 격려와 칭찬을 듣는 독서가 좋다고 한다. 독서시간에 동시를 쓰고, 그림을 그려 자기를 소개하고, 독서와 관련된 것을 만드는 창의적 활동을 하는 시간이 즐겁다고 한다.

독서 시간에 아이들은 여러 가지 모습을 떠올린다. 우주도 떠올리고 자연과 사물도 떠올린다. 우리 주위에서 볼 수 있는 사건과 행사들도 떠올린다. 인물이 주장하는 선과 악, 배움의 길, 미래의 꿈 등을 키워나간다.

이순신 장군의 이야기에서 백성 사랑과 나라에 대한 충성심을 떠올린다.

빌게이츠의 모습에서 '사회란 무엇인가?', '도움이란 무엇인가?'를 떠올린다.

최영 장군의 '황금 보기를 돌 같이 하라'는 <견금여석>에서 '사회 부조리와 타협하지 말라'는 교훈을 떠올린다.

아이들이 배우는 독서는 큰 희망을 품고 있다. 독서는 아이들이 마음으로 이해하고 쓰며, 다듬고, 그림으로 그리면서 찾아가는 꿈의 세계다.

재욱이는 동생 재현이와 우애가 얼마나 좋은지 서로
챙기는 모습이 샘나도록 아름답다. 일주일에 두세 번
독서로 만나는 학생이다.

재욱이는 성격도 좋다. 남을 배려하고 시키지 않아
도 솔선수범으로 잘 정리하고 닦는다. 기특하다.

문제 해결능력을 요구하면 집중도가 높다.

질문도 잘한다.

재욱이는 독서를 하다가 궁금하면 코를 비비며 웃는

얼굴로 말한다.

"선생님, 고구려에서 가장 오래 왕을 한 왕은 누굴까
요?"

"궁금하니?"

"네, 지난 주부터 책을 읽다 궁금했어요."

"그래, 고구려에서 가장 오래 왕을 한 왕은 6번째 임
금인 태조왕이란다."

"아, 맞다."

둘이서 한참 낄낄거렸다. 항상 무엇이 즐거운지 신
이 나 있다.

독서는 한번 맛을 보면 그 맛에 빠져든다.

사람은 누구나 알아가는 것에 재미를 느낀다. 그러
면 누가 시키지 않아도 하고 싶어진다. 독서가 바로 그
렇다.

독서는 처음에 스토리부터 배운다. 이야기를 통한
전개식 독서법을 통해 줄거리를 파악하고 내용을 이해

하는 순서로 다가간다.

재욱이는 초등 5학년 때 독서를 시작했다. 처음에는 스토리를 이해하는 것도 힘들어 했다. 하지만 점차 독서에 익숙해 진 재욱이는 척척 스토리를 이야기하기 시작했다. 방금 독서한 내용뿐 아니라 지난 시간 독서 내용도 떠올렸다. 독서를 이해하는 준비 작업을 마친 것이다.

스토리 전개가 끝나면 주인공 동선을 통한 구상과 정리가 필요하다. 자기 정리이다. 독서를 하고 난 후 독서가 주는 의미를 알고 교훈과 미래 비전을 찾는 것이다.

재욱이는 역사를 그렇게 배웠다. 독서 시간에 역사에 대해 서로 질문하고 응답하는 시간들을 가졌다.

중학교 진학할 때 역사에 대한 지식이 부족했다. 그때 재욱이는 주로 인물 역사를 떠올렸다.

이순신 장군 하면 '조선 선조 때의 장군이다.' 라는 식으로 공부했다. 인물 역사가 좋은 점은 시대 파악이

쉬워 스토리 이해가 빠르다는 것이다.

재욱이는 어느 새 고등학생이 되었다.

초등시절부터 함께 독서 이야기를 나누었는데 세월이 참 빠르다.

고등학교에서 고전 독서를 하면서 고전에 담긴 우리 조상들의 지혜와 비전을 찾았다. 홍길동전이나 춘향전, 심청전, 임경업전 등 권선징악을 주제로 한 고전소설의 흐름을 알고 이야기한다.

재욱이는 고전을 통해 독서의 재미를 붙여 나갔다. 많은 아이들이 고전을 어렵다고 말한다. 고전은 고등학교에 들어가서 본격적으로 배우는 독서쯤으로 여기기 때문이다.

창의적인 독서는 시대를 가리지 않는다. 어떤 시대가 제시되어도 그 시대를 즐기는 독서가 창의적인 독서다.

독서에는 일정한 커리큘럼이 있다. 아이들이 자라서

어른이 되어 가는 과정처럼 독서도 순차적인 준비와 과정을 통해 성장하게 된다.

무조건적인 독서는 없다.

고전을 배우면 현대 문학도 쉽게 배운다. 문학을 배우면 비문학도 쉽게 배울 수 있다.

재욱이와 고전에 이어 현대문학을 공부하면서 독서의 의미를 이야기했다. 독서를 통해 문학의 세계로 빠져들면서 자신감을 얻는다.

재욱이는 지금까지 다양한 독서를 해 왔다.

키가 크면서 정신도 성숙하는 것처럼 재욱이의 독서는 이제 한층 더 성숙해졌다. 기초가 든든하니 열매도 풍부하게 열리고 있다.

웃
는
아
이

"선생님, 책을 왜 읽어요?"

"선생님, 독서가 뭐예요?"

"친구들과 뛰어 놀면 신나는데 어른들은 왜 공부하라고 할까요?"

초등학교 3학년 때 처음 만난 백준이가 던진 말이다. 순수하고 천진난만한 아이가 땀을 뻘뻘 흘리며 들어와 독서를 하겠다고 앉아서 한 질문이 기억에 새롭다.

독서하고는 멀게 느껴졌던 백준이가 많이 달라졌다.

어느 새 중학교 3학년이 되어 자신의 꿈을 향해 나아가고 있다.

백준이와 처음에 함께 한 독서는 스토리 위주의 독서였다. 전래나 명작은 물론 창작이나 철학동화를 기초로 한 징검다리 독서다.

한 권의 책을 읽고 그 내용을 여러 번 반복해서 이야기를 나눴다. 등장하는 중심인물에 대해 알아보고, 그 중심 인물을 스케치북에다 정리하는 작업을 했다.

독서는 사고력이다. 차근차근 주제를 통해 독서 능력을 키우면 사고력이 향상된다.

백준이와 함께 한 두 번째 독서는 사고력 증강 독서다. 1년 정도 진행했을 때 질문도 달라졌다. 피상적인 질문이 아니라 독서 안에서 구체적인 질문으로 바뀌었다. 간간히 독서퀴즈를 통해 주제를 기억에 저장하기 시작했다.

초등학교 6학년 때다. 백준이에게 한국사와 포인트

독서를 병행했다. 기본적인 독서를 해 왔기에 역사에 대한 이해와 능력도 향상되었다.

창의적인 학생으로 성장하는 데 근본이 되는 것이 바로 역사다.

"우리 것이 좋은 것이여."

"옛 것을 배워야 해."

조상들의 슬기와 지혜가 우리의 삶에 얼마나 소중한가를 배워야 한다. 역사독서가 중요한 이유다.

아이들에게 항상 역사를 강조해 왔다. 역사는 매우 중요하다. 나라의 흐름을 알아야 그 나라를 위해 무언가 할 수 있다.

독서에서 역사를 배우는 것은 곧 나의 뿌리를 찾아가는 일로 매우 중요한 일이다.

백준이는 역사에 대해 질문도 잘하고 척척 문제도 잘 맞췄다. 독서에서 깊이 알기가 진행된 것이다. 지금은 현대 소설로 독서지도를 하고 있다.

서울대에서 추천하는 도서를 중심으로 교과서에 맞게 준비된 다양한 문학들을 섭렵하고 있다. 등장 인물을 통해 소설의 모티브를 알고 시대적인 배경을 통해 소설의 흐름을 이야기한다.

독서를 통해 창의력은 물론 논리력도 키워간다.

백준이는 독서와 글을 쓰고 다듬고 정리하는 시간을 가지며 성숙해 가고 있다. 독서로 꿈을 키우는 학생이 되어 가는 중이다.

독서로 통합 논술을 배운다. 세상을 이해하는 척도도 독서로 배운다. 부모를 공경하고 올바른 가치관을 정립해 나간다.

초등학교 3학년에 시작한 독서 여행은 백준이를 행복하게 한다.

웃음이 많은 학생으로 바꾸어 주었다.

"좋은 책을 읽는 것은 과거 몇 세기의 가장 훌륭한 사람들과 이야기를 나누는 것과 같다."

백준이를 통해 독서에 대한 르네 데카르트의 명언을 실감하고 있다.

치유의 마력

독서는 치유의 마력을 지녔다. 힘들 때 치유의 손길을 내밀어 준다.

살다 보면 우울한 순간을 만난다. 뜻대로 되지 않는 그 무엇이 우울함을 불러온다. 사람들은 다양한 표정을 갖고 있다. 그 중에는 내면이 우울함으로 가득한 모습도 있다.

이럴 때 독서는 최고의 친구다. 독서와 함께 하면 봄을 맞아 웃는 꽃잎처럼 우울함을 달래주는 마력을 발휘한다.

우리가 살아가는 근본 이유는 행복을 위해서다. 가정에서 주부들이 음악을 틀어놓고 일하는 것은 어차피 해야 할 일을 신나게 하기 위함이다. 직장인들이 점심시간에 커피를 마시며 수다를 떠는 것도 힘든 일이라도 조금이나마 더 즐겁게 하기 위함이다.

독서는 행복을 열어준다. 힘들 때 책을 펼치는 것은 좀더 신나게 살기 위함이다. 하루 중 10분이라도 독서를 하자. 아침에 일어나서, 혹은 잠들기 전에 10분이라도 독서를 하자. 독서는 나를 신나게 살게 하는 특효약이다. 힘든 삶에서 벗어나게 하는 만병통치약이다.

독서의 습관에는 치유의 손길이 있다. 보석보다 더 큰 희망을 보여준다. 해결하지 못한 문제들을 해결할 수 있도록 이끌어준다.

독서 시계 바늘

하루는 24시간이다. 누구나 보내는 시간이다.

독서로 하루를 채우기 위해 다음과 같은 노력을 해보자.

첫째, 하루 계획을 독서로 세우자.

나는 매일 일어나면 사색을 즐긴다. 사물을 깊게 응시
해 본다. 그 대상을 이해하려고 깊이 사색한다. 그러다
보면 느껴지는 게 있다. 깊은 내면에 자리잡은 잡다한
생각들이 정화되는 것을 느낄 수 있다. 독서는 사색의

연속이다. 하루의 계획을 독서로 채우면 행복한 독서가 된다. 책을 읽어가면서 사색의 길을 열어간다. 간혹 생각하지 못했던 지혜를 발견하게 해준다.

새벽 독서는 목표가 분명한 삶을 살게 한다. 규칙적인 습관을 키워주면서 스스로 주인의 삶을 살게 한다. 정서적으로 안정감을 찾으며 좋은 인성을 품게 한다.

둘째, 습작하는 독서로 시작하자.

독서는 다양한 이야기들을 접하게 한다. 교훈과 감동을 준다. 생활에 필요한 지혜를 깨닫게 한다. 그것을 메모하는 습관을 들이는 것이 습작하는 독서로 가는 지름길이다. 인물이나 고전 등을 독서했다면 그 인물을 통해 얻은 교훈을 중심으로 쓰면 된다. 철학과 인문학을 독서한다면 문학기록장에 나의 비전과 느낌을 기록하면 된다.

나는 중학교 때부터 습작을 시작했다. 그때는 독서를 체계화 하는 프로그램이 없었다. 지금은 어떤가? 관심만 가지면 얼마든지 좋은 프로그램을 접할 수 있다. 누구나 습작을 통해, 독서 정리를 하면서 내일을 설계할 수 있다.

즐길 줄 아는 아이

　재원이는 항상 선생님을 기다린다. 호기심이 풍부하여 질문도 많이 한다. 독서를 하면서 세상에 대한 관심도 생겼다. 세계 여러 나라에 대한 지식도 풍부하다. 이제 초등학교 3학년인데, 다양한 이슈에 지적 호기심을 보인다. 처음 만났을 때 초롱초롱 바라보는 시선에서 보통 아이들보다 강렬한 호기심을 보았다. 우주 과학자가 꿈이라는 재원이는 스티븐 호킹 박사를 존경한다고 했다.

재원이는 독서 시간이 되면 자전거를 타고 온다. 비가 오나 눈이 오나 망설이지 않는다. 독서 향기로 가득 찬 아이다. 재원이를 보면 희망이 떠오른다.

재원이는 그림 그리기도 좋아한다. 그림을 그리며 생각하는 시간을 많이 갖는다. 전원주택에 살고 있기에 감성이 풍부한 것 같다. 그가 그리는 세상은 아름답다. 우주 공간에 머물며 살아가는 지구에 또 하나의 별을 그린다.

재원이는 학교에서 마음이 상하면 어김없이 나를 찾는다. 독서로 치유 받고 싶기 때문이다. 한참을 구연동화로 책을 읽어 내려가면 웃음기가 있는 얼굴로 돌아온다.

심리가 불안할 때 독서는 최고로 좋은 치유의 약이다.

재원이는 동물이나 곤충에게도 관심이 많다. 무엇을 만들거나 체험하는 것을 좋아한다. 대가족의 구성원인

재원이는 가족의 소중함을 그림으로 잘 표현한다.

재원이는 과학적 기질을 타고 났다. 창의성을 지니고 있다. 재원이가 독서할 때를 보면 넘치는 창의력이 다 드러난다.

재원이는 한 가지 주제를 갖고 깊게 읽고 토론하고 연구하는 걸 좋아한다. 독서할 때는 창의력을 키우는 정독을 선택한다.

재원이는 미래를 상상하는 모습도 특별하다. 백지를 주고 그 위에 상상하는 우주 공간과 지구촌 사람들을 그리라고 했더니 스스럼없이 척척 그려나간다. 상상속의 그림이지만 금방 이해하고 공감할 수 있다. 그만큼 현실에 바탕을 두고 있다.

재원이의 어머니는 재원이에게 정성을 기울인다. 거의 매일 재원이를 위해 독서 일지처럼 메모로 써 내려간다. 수시로 나에게 문자로 진행 상황을 알려주며 코칭을 받는다.

독서코칭은 참으로 중요하다. 책을 많이 읽는 것도 중요하지만 스스로 책에 흥미를 갖게 하는 것이 더욱 중요하다. 독서로 스트레스를 주는 것이 아니라 독서를 웃으며 즐길 수 있게 해주는 것이 중요하다. 어머니는 이런 사실을 잘 알고 선생님과 긴밀한 관계를 유지하며 재원이가 독서에 스스로 흥미를 붙이도록 이끌어 준다.

재원이는 독서를 즐길 줄 안다. 언제나 활기찬 모습으로 미래를 꿈꾸는 재원이를 보면 뿌듯하다.

아침을 열면 하늘이 보인다. 누구보다 부지런한 아이들이 있다. 독서가 좋아 등교하기 전에 책읽기를 한다.

도훈이는 새벽부터 일어나 고전 독서를 준비한다. 춘향전은 물론 다양한 문학을 접함으로써 신이 난 아이다.

처음에는 독서가 무엇인지도 모르던 도훈이가 이제 6학년이 되어서 제법 독서로 성장한 아이가 되었다. 보통 책을 3번 이상 읽고 오기에 스토리는 다 알고 있다.

질문도 잘한다.

홍길동전에서 주인공 놀이를 해봤다. 축지법에 대해 이야기도 하고 적서차별의 부당성을 이야기하면서 '서자'의 설움에 대해 열변을 토했다.

소나기에서는 주인공도 되어 봤다. 소년과 소녀의 사랑과 갈등에서는 도훈이 표정도 현대소설 속으로 들어갔다.

도훈이는 고전 독서에도 독서정리도 수준급이다. 문학을 정리할 줄 아는 아이다. 도훈이의 누나도 정리를 잘 하는데 정말 닮은 꼴이다.

고전수업은 황금 열쇠다. 반복적으로 내용을 이해하고 정리하는 데서 기쁨을 맛본다.

초등학교 2학년에 만난 도훈이가 이렇게 성장했다. 쑥쑥 커가는 키처럼 도훈이는 정신적으로 쑥쑥 자라고 있다.

고전과 문학을 통해 글에 대한 느낌을 맛깔스럽게 이어간다. 꾸밈이 없이 주제에 대해 이해하고 쓸 줄 안다.

도훈이는 독서를 좋아하는 엄마를 닮았다. 새벽에 일

어나 독서를 배우러 나오기까지 얼마나 준비하고 있었을까?

아이의 기대심리를 생각해본다. 조곤조곤 말을 이어가는 아이들이 있어 행복하다. 생각을 열어 쓰고 다듬고 정리하는 아이들이 있어 흐뭇하다.

도훈이는 오늘도 고전을 읽는다.

매일처럼 고전문학을 통해 세상을 열어가는 도훈이가 있어 마냥 즐겁다. 보람차다.

"선생님, 오늘의 역사는 뭐예요?"

"글쎄, 뭘까요?"

"아, 오늘은 고려시대의 문화네요!"

"근데, 선생님! 고려는 왜 불교가 중요했나요?"

오늘 따라 상혁이가 들어오며 기분이 업 되어 있다.

상혁이도 도훈이처럼 초등학교 2학년부터 독서를 하고 있다. 6학년이기에 제법 어른스럽다. 얼굴도 미남이다. 역사에 대한 관심이 뜨겁다. 세종대왕 일대기부터 조선시대는 물론 대한민국 발전까지 다 알고 있다.

2년이라는 기간을 역사 독서로 다진 아이다. 구석기부터 시작한 역사 독서가 벌써 대한민국에 이르렀다.

오천년 역사지만 상혁이에게는 매일이 오천 년이다.

"선생님, 빗살무늬 토기가 뭐에요?"

선사시대를 공부할 때 상혁이의 질문이다. 빗살무늬 토기의 생김새도 궁금하지만, 쓰임새가 더 궁금했던 것이다. 빗살무늬 토기가 곡식을 저장하고 음식을 조리할 때 사용한다는 사실을 듣고 상혁이는 신기해 했다.

상혁이는 웃음도 해맑은 아이다. 호기심도 많다. 과학도 잘하고 창의성도 뛰어난다. 삼국시대를 독서로 배우며 상혁이는 왕들을 다 외웠다. 고구려 28명, 신라 56명, 백제 31명 등 왕들의 이름을 독서로 외우면서 상혁이는 역사에 대한 자신감을 보였다. 주입식이 아닌 스토리텔링으로 역사를 이해하는 상혁이가 대견스럽다.

후삼국시대를 배우며 궁예를 소개할 때 미륵불에 대해 이야기했다. 유모 손에서 자란 궁예가 세달사에 승려로 있으면서 성격이 이상해졌다고 말한다.

상혁이가 말하는 동안 유심히 아이를 보았다. '리딩

을 정확하게 하고 왔구나.' 하는 생각에 잠시 뿌듯했다.

상혁이는 역사로 성장한 아이다. 꿈도 그리고 시간의 흐름도 파악한다. 나라가 어지럽고 힘들면 자기 생각을 자신있게 말한다. 역사 친구처럼 대견스럽다. 꿈을 그리는 아이가 되리라 믿는다.

"선생님, 무얼 드시고 싶으세요?"

헐레벌떡 뛰어오는 아이가 있다. 재주도 있고 전교 회장에 도전해 보고 선거도 해본 아이다. 매일 신이 나 있는 아이, 정빈이다.

정빈이는 초등 2학년 때 만났다. 고전과 논술도 독서로 배웠다. 사고력이 뛰어난 아이다. 학교에서도 리더십이 강하고 바른 모범생이다. 가끔 독서 시간에 지각을 하면, 꼭 무언가 사들고 너스레를 떤다.

"배고프지 않으세요? 쌤."

웃는 모습이 이쁜 정빈이를 보면 행복하다.

매 순간 신나게 6학년까지 올 수 있었던 이유가 바로 독서다.

정빈이는 독서를 좋아한다. 독서가 친구다. 집에서도 독서를 열심히 한다. 매일 반복처럼 책읽기 습관이 정빈이를 즐겁게 한다. 독서가 정빈이를 창의적인 아이로 만들었다.

정빈이는 독서 이야기를 배우며 꿈을 키운다. 누가 시켜서 하지 않는다. 이제는 스스로 하는 아이다. 관찰력도 좋다. 역사탐방도 좋아 한다. 때로는 어른스럽기까지 하다. 인생이 어떻고 정치가 어떻고 주저리주저리 늘어 놓는다. 이런 정빈이가 사랑스럽다. 이제는 덩치가 커서 좀 그렇지만 그래도 사랑스럽다.

정빈이는 마음을 표현하는 동시에도 재능이 있다. 시를 읽어가는 모습도 아름답다. 감정을 넣어 표정까지 담아 폭소를 자아낸다. 웃음바다를 연출한 적도 있다. 타고난 시인 기질이 보인다.

정빈이는 친구들 사이에서 양념 같은 존재다. 친구들은 정빈이가 없으면 재미없다고 한다. 독서를 하며 달라진 정빈이는 요즘 고전문학에 열중하고 있다.

자기정리도 잘 한다. 큰 인물이 되리라 믿는다.

아이들도 아는 즐거움

초등학교 2학년인 지후는 매일 독서 시간을 기다린다. 독서가 주는 즐거움을 알고 있다. 세계 나라에 대한 호기심이 대단하다. 질문을 좋아하고 독서 선생님을 늘 기다린다. 궁금한 부분을 시원하게 풀어주기 때문이다.

지후는 각 나라의 특징을 잘 기억한다. 필리핀에 있는 7,107개의 섬나라를 기억한다. 독서를 통해 한번 정리된 이야기들을 잊어버리지 않는다. 집중력이 강하다.

지후는 스스로 독서 퀴즈로 독서를 정리한다. 필리핀은 망고나무의 나라, 야자나무의 나라, 대나무의 나라, 맹그로브 나무의 나라 등 척척 발표한다.

반복 독서를 통해 지후는 자신감을 갖고 있다. 독서를 시작한 지 두 달밖에 안 되었지만 이제는 가장 기다리는 독서 시간이다.

아이들의 독서는 지후처럼 흥미와 재미를 알고 스스로 빠져드는 독서가 되어야 한다.

지후는 사회 탐구를 위한 독서에서도 우리나라의 기후와 특징들을 독서에서 찾아 낸다.

지후는 우리나라의 사계절을 좋아 한다. 봄, 여름, 가을, 겨울 등 살기 좋은 우리나라에 고마움을 표시한다. 농부들이 씨앗을 뿌려 한해 농사를 준비하는 모습을 읽고 지후는 시골에 계시는 할머니를 떠올린다. 독서로 시골과 도시의 모습을 비교해 보고 이해한다.

지후는 독서를 통해 세상을 알아가는 중이다.

이름이 같은 8살 또 다른 지후도 독서가 즐겁다.

유심히 책을 쳐다보는 눈망울이 귀엽다. 처음에는 질문도 없었지만, 독서를 통해 이제는 독서 시간을 기다린다. 혼자서 책을 읽어 간다.

초등학교에 입학해서 말도 잘한다. 호기심도 생기고 남을 배려하는 마음도 예쁘다.

지후는 동생 감찬이에게 독서를 알려주기도 한다. 조상들의 슬기와 지혜를 배우는 발효식품을 알고부터 할머니들이 얼마나 고생하는지 말한다. 된장, 고추장, 간장, 청국장 등 조상들의 슬기를 배우며 신기해 한다. 처음에는 "냄새가 난다"고 하더니 독서를 하고 나서는 "맛있겠다"라고 말한다.

지후는 이제 독서를 통해 식생활에 대해서 배워간다.

"엄마가 힘들면 도와주어야지."

약간의 어른스러움도 담겨 있다.

지후는 자연재해에 대해 읽고 태풍, 가뭄, 홍수, 폭설의 의미를 말한다.

"이 다음에 크면 내가 다 막아줘야지."

자신있게 말하는 지후가 대견스럽다.

독서는 아이들을 바꾼다.

누가 시켜서 독서하지 않는다. 이제는 혼자 하려고 한다. 즐거움을 알고 있기 때문이다. 타이를 읽으면서 지후는 꼬마 스님에 대해 이야기 한다.

타이는 불교 나라라서 꼬마들이 스님이 되어 체험하는 불교 의식이 있다. 부엇이라고 하는데 지후는 그것이 신기한 모양이다. 꼬마들이 머리를 밀고 수행하는 모습을 보고 자극을 받은 모양이다.

어리다고 생각한 지후가 타이 나라의 부엇에 참여한 아이들을 보고 자극을 받은 모양이다.

"나도 이제는 혼자서 할 수 있어요!"

매사에 큰 자신감을 얻었다.

독서는 때로 비교하는 능력을 키워준다. 자신의 삶과 비교해서 교훈받는 능력이 독서에 있다.

지후가 그림으로 그리는 독서는 큰 희망을 담은 꿈이다.

늘 웃음을 잃지 않는 지후에게 파이팅을 외친다.

초등학교 4학년인 혜원이는 행복하다. 내성적인 면이 조금 있었지만, 이제는 독서로 완전 달라졌다. 인물을 좋아하는 혜원이는 호기심이 많다. 인물의 성격도 궁금하고 시대적인 배경도 궁금하다.

정약용을 배우면서 거중기에 대해 질문한다. 도르레 원리로 운반하는 모습이 마냥 신기하다.

수원 화성을 지은 정조대왕에 대해서도 궁금한가 보다. 아버지 사도세자의 묘가 있는 수원화성 근처인 융릉에 대해 질문한다. 사도세자가 억울하게 미움 받아 돌아가셨다며 슬퍼한다.

독서로 알아 가는 재미를 표현할 줄 안다. 세종대왕을 보고는 얼마나 뛰어난 왕인지 알아다며 엄지척을 한다. 훈민정음을 만드시고, 과학발전을 이루신 세종대왕을 읽으며 혜원이의 눈빛이 달라졌다.

요즘 무척 인물 독서에 관심이 많았다.

아이들은 무슨 일이든 호기심으로 시작한다. 호기심

을 충족하면 흥미로 발전한다. 흥미로 독서를 하면 자신감을 얻는다.

혜원이는 독서로 차츰 자신감을 찾고 있다. 성격도 바뀌고 많이 웃는다. 힘차게 발표하는 모습도 보기 좋다. 인물 독서를 통해 세계를 알고 우리나라 위인들을 알아 간다.

이제는 무엇이 중요한지 혜원이도 안다. 매일 독서를 통해 즐거움을 표현한다. 하루가 즐거운 것은 혜원이 안에 독서 친구가 함께 하고 있기 때문이다.

호기심 충족 독서

"선생님! 세종대왕은 왜 몸이 뚱뚱했어요?"
"선생님! 석주명은 왜 나비 박사라고 해요?"
"선생님! 거북선은 누가 처음 설계했나요?"

아이들과 독서를 하면 여러 질문들이 쏟아진다. 책을 보다가 미처 알지 못하는 부분은 밑줄을 그어가며 질문을 던진다.

아이들의 호기심은 대단하다. 호기심은 창의력의 원

천이다. 호기심을 불러 일으키고, 그에 대한 적절한 답을 찾는 과정을 알려준다면 창의력은 무궁무진 펼쳐지게 마련이다.

아이들이 독서 중에 궁금한 부분에 밑줄을 그어가며 질문을 던지게 하고 그 해결책을 찾는 방법을 알려주는 것은 참으로 중요한 일이다. 아이들은 그런 과정을 통해 인물의 특성과 환경을 알아간다.

퇴계 이황과 율곡 이이는 독서광이다. 독서를 통해 학문을 탐구하는 자세를 보여준 인물이다.

아이들은 인물 독서를 통해 퇴계 이황의 학문과 율곡 이이의 학문을 접하게 된다. 서원의 기능과 역할에 대해 말할 수 있게 되고, 스스로 왜 책을 많이 봐야 하는지 이야기할 수 있게 된다.

아이들이 좋아하는 인물들은 거의 다 독서광에다 창조적인 인물들이다. 그런 위인들의 이야기를 독서를 통해 접하며 웃고 즐기고 대화하다 보면 자연스럽게 독서에 흥미를 느끼게 되는 것이다.

"하루라도 책을 읽지 않으면 입안에 가시가 돋는다."

독립운동가 안중근 의사는 형장의 이슬로 사라지는 그 순간에도 손에서 책을 놓지 않았다. 그의 일생을 접하며 명언을 되새겨 보는 자리 자체가 학생들에게 큰 교훈의 자리가 된다.

솔선수범하는 자세는 독서로부터 나온다. 남을 배려하고 용서하는 모습도 독서로부터 시작한다. 남에게 칭찬해 주고자 하는 기쁨도 독서하는 사람들에게 나온다. 세상을 깊게 성찰하는 모습도 독서를 통해 드러난다.

이순신이 거북선을 만들기 전에 거북선을 설계한 나대용이라는 위인이 있다. 그는 책을 보면서 나라를 생각했다. 거북선을 만들기까지 이순신과 여러 이야기를 주고 받았다. 깊은 사고를 하고 구상을 하며 하나하나 그려 나갔다. 거북선을 만들기 위해 한 층 더 높은 독서 세계를 열어 간 것이다.

석주명은 나비 박사다. 그가 세계적인 나비박사가 되기까지는 끝없는 인내와 노력이 필요했다. 자신이 좋아하는 나비 채집을 시작했고 학생들과 나비 이야기를 했다. 매일 책을 읽어가며 나비 연구를 계속했다. 탐구와 열정이 오늘날 석주명을 만들어 냈다. 어려서부터 독서하는 습관과 열정이 이뤄낸 성과인 것이다.

세종대왕은 어려서부터 독서를 좋아했다. 책벌레라는 별칭이 있을 정도로 매일 독서로 세상을 열어 나갔다. 독서가 좋아서 음악에 관심을 갖게 되었고, 독서가 좋아서 과학 발전을 이룰 수 있었다.

아이들은 책을 통해 이런 이야기를 접하며 자신의 입으로 이런 이야기를 직접 말할 수 있다. 책을 읽는 것으로 그치는 게 아니라 말로 표현함으로써 그렇게 표현한 것을 뇌리에 새겨 무의식 중에 자신도 그렇게 실천하는 길에 들어서게 된다. 책을 읽고 흥얼거리며 독서의 매력에 흠뻑 빠져들게 된다.

"선생님! 꽃은 왜 필까요?"
"사람은 왜 인격이 필요하죠?"

책을 읽는 것은 무한한 자기를 발견하는 행위다.
자신을 돌아보지 않고 책을 읽으면 내용 파악은 물론 가치에 대해 이해하지 못한다. 그래서 책을 읽다 궁금한 부분이 생기면 문득문득 질문을 던져야 한다.

독서 후에 가장 중요한 요소는 '전달자'의 역할이다. 독서를 하고 나서 혼자 스스로 생각할 시간을 갖지 않으면 다른 이에게 올바로 전달할 수 없다. 반드시 책을 읽고 나서 다른 이에게 전달하는 과정이 필요하다.

전달자에게 필요한 덕목이 배려다. 배려는 저절로 생기지 않는다. 상대의 입장에서 생각하는 습관을 들여야 한다.

책을 읽고 다른 이에게 전달하는 과정만큼 배려의 습관을 키우는 확실한 방법이 또 있을까?

아이들은 자신이 읽은 책을 자신의 입장에서만 이야기하는 것이 아니라, 다른 이가 이해할 수 있도록 상대의 입장을 배려하며 이야기하는 습관을 키워나간다.

독서를 통해 배려의 말을 익혀가면서 저절로 배려를 습관으로 새기게 된다.

무엇이든 자신의 생각대로 바라보는 관점은 사물의 이치와 깊이를 깊게 알아볼 수 없게 한다. 개나리를 관찰할 때 창의력 있게 접근하는 방법은 계절의 변화를 떠올리고 봄에 피어있는 개나리를 관찰해야 한다. 꽃의 생김새를 들여다 보고 우리가 사는 여러 가지 환경을 비교 대조하며 접근해 보아야 한다. 내 관점이 아닌 대상의 관점에서 접근할 줄 알아야 한다.

독서 후에 다른 이에게 전달하는 '전달자' 역할을 하다 보면 배려하는 마음은 저절로 습관으로 익히게 된다.

세계적인 여성 패션 혁명가라 불리우는 샤넬은 어떤 일을 시작할 때 흔들림 없이 시작했다. 샤넬의 창의력은 대단했다. 샤넬은 의상이나 액세서리를 만들기 전에 늘 여성들의 자유를 먼저 생각했다. 단순하고 실용성 있는 옷을 만들어 여성들의 몸에 자유를 주었다. 핸드백에 체인을 달아서 어깨에 멜 수 있도록 해서 여성들에게 자유를 선물했다.

샤넬은 소비자의 입장을 배려하면서 상상력과 창의력을 발휘했다.

우리가 흔히 전문가라고 부르는 이들은 자신의 입장이 아니라 상대의 입장을 배려하며 창의력을 구사한 인물들이다.

레고를 만든 세계적인 기업가 고트프레드도 그렇다. 덴마크 출생인 그는 처음에 플라스틱으로 아주 보잘 것 없는 장난감을 만들기 시작했다. 하지만 1958년 레고블록을 출시하면서 획기적인 선풍을 불러 일으켰다.

고트프레드가 전 세계 어린이들의 사랑을 한 몸에 받는 비결은 아이들 입장을 고려해서 발휘한 창의력 덕분이다. 그는 제품을 개발하고 연구하기 위해 매일 아이들 입장에서 반복적으로 상상력을 떠올렸다. 아이들이 좋아하는 여러 가지 사물들을 그리고 만들어 보며 동화 속의 꿈을 생각했다. 그 결과 레고는 세계적인 기업으로 우뚝 설 수 있었다.

아이들과 독서를 하다 보면 가장 부족한 부분이 창의력이다. 생각하기 싫어하는 요즘 세대에게 창의력이 부족한 것은 당연한 결과다.

독서는 창의력을 키워주는 가장 좋은 도구다.

"엄마, 오늘 책 읽었으면 좋겠어요?"

"그래, 함께 독서하자. 그리고 우리 서로 전달자가
되어 이야기해 보기로 하자."

"좋아요, 엄마!"

이런 대화가 가정에서 이루어지길 소망해본다.

가을산에는 아름다운 멜로디가 있다.

활짝 웃고 있는 나무들이 곱게 손님을 맞는다.

희망을 쏘아 올린 가을꽃들은 채색한 옷으로 갈아
입고 웃음으로 화답한다.

가을은 풍성한 계절이다.

가을산에는 등산객들이 찾아 온다.

가을은 정이 있다.

소박한 시골 정취처럼 찾는 이들을 반긴다.

가을 하늘에 떠 있는 구름마다 수채화를 그리고 있다.

동심의 세계를 그리며 아이들에게도 소중한 추억을 선물한다.

초등학생인 효진이는 가을 그림을 잘 그린다. 그림을 그릴 때 표정이 최고다. 마치 그림 속 여행이라도 하듯 즐겁게 웃으며 가을을 표현한다. 코스모스 길을 다양한 기법으로 채색해나간다. 효진이는 이쁘고 고운 심성으로 꿈을 그리고 있다.

효진이는 독서를 잘한다. 책을 읽을 때 깊은 사색으로 초등학생답지 않게 차분하게 읽어 내려간다. 학습 능력도 좋아지고 있다. 창의력으로 생각하기, 단어 공통점 찾기, 주제 연상하기 등 효진이에게 부족했던 여러 요소들이 놀랍게 개선되고 있다.

효진이는 연상 퀴즈도 아주 잘 한다. 한 가지 주제를 정해 그 주제에 맞는 토론도 잘 한다.

심리치료가 시급했던 학생이 있었다. 언어치료와 독

서치료를 병행하며 즐겁게 독서이야기를 했다. 가을을 그림으로 표현해 보고 웃고 떠들며 가을 놀이를 했다.

학생은 처음에 무반응이었다. 정서적으로 메마른 모습이 그대로 표출되었다. 하지만 이내 즐겁게 구연동화를 하며 빠르게 달라졌다. 언어가 정상화 되고 지적 능력도 좋아졌다. 사고 능력도 좋아지고 표현 능력도 발달했다.

독서치료를 시작한 지 6개월쯤에 발음이 뚜렷하게 좋아졌다. 웃음도 되찾고 엄마와 아빠와의 관계도 좋아졌다.

독서는 다양한 놀이가 가능하다. 소근육과 대근육을 자유롭게 사용하기 위해 손가락 독서법으로 다양한 활동자료들을 준비한다. 자주 손가락을 움직이다 보면 두뇌가 발달한다. 꾸준하게 이끌어 가는 것이 중요하다.

가을은 땀방울이 아름답게 빛나는 시간들이다. 도토리, 알밤, 노오란 은행나무, 익어가는 감 등 가을 속에서 그림놀이를 하고 있다. 수채화 풍경을 그리고 있다.

가을 일기를 쓰자.

나만의 가을 일기를 쓰자.

주위 배경을 거울삼아 가을을 이야기해보자.

편지글도 좋다.

여행을 다녀온 기행문도 좋다.

보고문 형식으로 쓴 글도 좋다.

수필로 일상의 에피소드를 기록해도 좋다.

남이 알려주는 장점

　자신의 생각을 쉽게 끌어내어 의사전달을 하는 아이가 있다. 그와 반대로 소신이 부족해 어떤 상황을 머뭇거리고 자신감이 없어 우물쭈물하게 답변하는 아이도 있다. 이런 차이는 타고난 기질 때문이라고 볼 수도 있다.

　하지만 기질만으로 모든 것을 합리화시킬 수 없다. 우리는 모두 나와 내 아이가 자신의 생각을 쉽게 끌어내어 의사전달을 잘 하는 사람이 되기를 바라는 만큼 그렇게 할 수 있는 방법을 찾아 노력을 기울여야 한다.

초등학생들에게 완두콩을 실험하기 위해 한 달 동안 관찰하고 가져오라고 했다. 대부분의 학생들은 지속적으로 관찰하기보다 그냥 들여다보는 정도였다. 완두콩이 자라고 어떤 환경을 좋아하는지에 대해선 별 관심이 없었다.

왜 이런 일이 생기는 걸까?
사람들은 깊게 사고하는 것을 싫어한다. 머리를 쓰는 것은 그만큼 피곤한 일이기 때문이다. 그래서 어떤 대상을 놓고도 그 대상을 깊게 바라보지 못한다. 아이들이 그 모습을 그대로 보여주는 것이다.

독서를 할 때는 그냥 책을 읽는 것이 아니라 깊이 생각하는 자리를 만들어 줘야 한다. 어려서부터 풍부한 독서를 통해 깊이 생각하는 습관을 길러주는 것은 아이의 인생을 풍요롭게 해주는 밑거름이다.

새로운 환경에 적응하기 위해서는 수단이 필요하고 그 수단을 해결하기 위해서 방법이 필요하다. 수단과 방법을 잘 이끌어 내기 위해서는 부단히 독서를 통해 자기계발을 해야 한다.

자기계발은 끊임없이 자기를 변화시키는 힘이다. 지금까지 자신이 해보지 않은 것을 해보는 것이다. 그런 가운데 자신의 장점을 찾아 나가는 것이다.

장점을 찾는 자기계발을 위해서는 남들의 이야기에 귀를 기울여야 한다. 남들은 생각보다 나의 장점을 더 잘 알고 있다. 내가 귀만 잘 기울이면 남이 알려주는 내 장점을 잘 살려나갈 수 있다.

미국의 16대 대통령 아브라함 링컨은 대통령 재임 기간에 구레나룻을 길렀다. 많은 이들이 링컨에게 구레나룻을 기르는 이유에 대해서 묻곤 했다. 그때마다 링컨은 말했다.

"어린 아이와 한 약속을 지키기 위한 것입니다."

링컨은 선거 기간에 한 어린 아이로부터 "구레나룻

을 기르면 더 멋있어 보일 것이다"라는 조언을 들었다.
얼굴이 마른 편이라 그럴 것이라는 말에 수긍을 하고
그대로 따랐다. 어린 아이의 조언이라도 잘 받아들인
것이다.

그 덕분에 링컨은 대중들에게 선한 이미지를 심어줄
수 있었고, 대통령이 되었고 남북전쟁을 승리로 이끌
어 흑인 노예해방을 이루었으며 세계인들에게 사랑과
존경받는 위인이 될 수 있었다.

아이들의 눈높이를 알고 즐거움으로 수업할 때 천진 난만한 아이들 입가에 미소를 만날 수 있다.

사람은 웃을 때 가장 행복하다. 웃는 사람은 웃지 않는 사람에 비해 건강하고 상대적으로 자존감도 강하다.

우리의 꿈나무들인 아이들이 웃고 즐기는 가운데 꿈을 열어갈 수 있다면 우리나라는 행복한 나라다.

　아이들은 책을 읽으며 질문을 한다. 질문을 충족할수록 독서에 대한 기대가 크기에 독서량도 달라진다. 이런 아이들이 창의력을 발휘하게 되고, 아이들이 창의력을 키우게 되면 자기계발도 활발하게 된다.

　"선생님, 글쓰기가 뭐예요?"

　초등학교 2학년 때 첫 질문을 이렇게 시작한 지민이는 지금 리더십이 강한 고등학생으로 성장했다.

　지민이는 시를 잘 쓴다. 내용 이해도 뛰어나고 글을 요약해 정리하는 능력도 탁월하다. 모든 것을 독서를 통한 쓰기를 병행했기에 얻은 성과다.

　지민이는 독서를 함께 하면서 미래를 열어갔다. 독서에 흥미를 붙이고 시를 썼고, 글을 요약하는 논술을 하면서 자신감을 키웠다. 창의적인 활동들을 병행하며 <독서토론>을 시작했다. 고전을 이해하는 독서를 통해 한층 성숙한 실력으로 전 교과 성적이 우수한 학생으로 바뀌어 갔다. 성격도 달라지고 꾸준하게 제시한 주제에 대한 글쓰기에 자신감을 보였다.

　지민이는 초등학교 5학년 무렵부터 한국사를 통해

독서이야기를 진행했다. 그 결과 <한국사 능력시험>에 응시해 놀라운 결과를 가져왔다. 지민이는 역사를 통해 세상을 알았다. 선조들이 살아온 환경을 이해했고, 아울러 스스로를 돌아보며 인격도 형성해 나갔다.

지민이는 글을 첨삭하는 과정에서 독서가 더욱 깊어졌다. 자신이 쓴 글이 독자에게 어떻게 비추어 지는지 알아가면서 책을 쓴 이의 마음을 되짚어 보는 능력을 갖췄다.

지민이는 독서를 통해 학업 과정을 잘 준비했다. 최고의 길잡이 독서가 지민이를 자랑스럽게 만들었다. 인생을 달라지게 했다. 쓰기, 말하기, 발표하기 등 기본적인 능력을 키워나갔다.

태영이는 이제 중3이다. 키도 자라고 사춘기도 지나고 어른스럽다. 초등학교 1학년 때부터 만났다. 항상, 웃는 얼굴이 떠오른다.

독서에 흥미를 갖기 시작하면서 태영이는 언제나 웃는 얼굴이다. 싱글벙글 웃으며 독서를 한다. 질문도 잘하고 학습 능력도 뛰어나다. 책을 읽고 난 후 느낌을 잘 표현한다. 상상력을 통해 독서이야기를 전개한다.

독서를 통해 주제를 선정하고 그 주제에 맞는 글쓰기를 진행했다.

"선생님, 주제를 정해서 글을 쓰니 정리가 잘 돼요."

태영이는 자신감이 있다. 빠른 속도로 책을 읽는다. 내용 파악을 잘 하면서 소극적인 성격이 적극적으로 바뀌어 갔다. 또래집단에서 활동도 적극적이다. 교과서를 이해하는 능력도 향상되었다. 글쓰기를 즐겨하고 한국사 실력도 좋아졌다. 무엇보다도 꿈을 그리는 학생으로 성장했다. 세상을 긍정적인 시각으로 바라보는 안목이 생겼다.

하루를 기대하는 마음이 눈에 보인다. 싱글벙글 웃고 독서를 좋아하는 눈빛에 마음이 흐뭇했다.

태영이는 꿈이 크다. 꿈은 미래다. 막연한 이상이 아니라 현실을 살아가는 행복이다.

학생들이 독서를 하면서 달라진 이유는 독서시간을 즐겁게 보내기 때문이다. 지금 즐겁게 보내는 아이가 미래에도 즐겁게 보낼 줄 안다. 인생을 긍정적으로 즐길 줄 안다.

긍정적인 아이가 창의력을 발휘한다. 의지가 있다면 누구나 독서를 통해 창의적인 학생이 될 수 있다. 창의적으로 책을 읽다가 궁금한 부분에 대해 이야기를 나누고 토론하는 가운데 자기 정리도 잘 하고 차분한 인성도 갖추게 된다.

행복은 멀리에서 찾는 게 아니라 가까이서 찾아야 한다. 내가 좋아하는 독서로 아이들에게 꿈을 키워주고, 진로를 정하게 해주고, 인성을 바로 잡는 촉매제가 되어 줄 때마다 뿌듯하다. 아이들에게 독서를 통해 행복이 가까이 있다는 것을 알려주면서, 더불어 상상력과 사고력을 키워주면서 창조적인 인재로 성장할 수 있도록 도울 수 있어 행복한 나날이다.

사색과 착상

착상이란 무엇인가? 사전적 의미로 '어떤 일이나 창작의 실마리가 되는 생각이나 구상 따위를 잡음'이다.

우리는 살아가면서 여러 가지 구상을 한다.

'아침부터 저녁까지 무얼 해야 하나?'

이런 구상을 하다 보면 많은 생각들이 마음을 사로잡는다.

착상이 시작되는 것이다.

　독서와 글을 쓰기 위해서 필요한 것이 사색이다. 사색의 사전적 의미는 '어떤 것에 대해 깊이 생각하고 이치를 따짐'이다.

　책을 읽는다. 반복해서 책을 읽는다. 이 과정에서 사색이 시작된다. 독서에 담긴 이야기들을 탐독하고 정리하는 것도 사색의 폭을 넓혀나가는 것이다.

　우리는 시를 쓰기 위해 사색한다. 글을 쓰고 다듬고 정리하기 위해서도 사색을 즐긴다. 사색이 없는 글이나 시는 좋은 글감이 아니다.

　착상은 사색의 열매다. 착상은 창작의 시발점이다. 글을 읽는 수준에서 멈추는 독서가 아니라 자기정리와 더불어 창의력으로 글을 다듬고 정리하는 과정이 곧 착상과 창작의 출발점이다.

　창작의 실마리가 되는 '착상'을 통해 독서도 깊이 들어갈 수 있다. 깊게 들여다보는 사색과 어떤 창조물을 만들기 위해 미리 생각해 내는 착상이 독서의 깊이를 일깨워준다.

진아는 어려서부터 독서를 잘 했다. 4학년 무렵에 '독서의 힘'이 생겼다. 전체적인 글의 흐름을 파악하고 지문들을 제대로 해석하면서 자신감도 붙었다. 동시를 쓰며 글을 익혔고, 글짓기를 하며 산문의 체계도 파악해 나갔다.

5학년 무렵에 진아는 착상과 사색을 이해하기 시작했다. 독서 일지에 자신의 관점과 이해도를 실감있게 써 내려갔다. 글의 흐름을 잘 이해했고 고전이나 사설도 쉽게 정리하는 재능을 보였다.

중학교에 들어가서 독서를 체계적으로 정리했고, 교과서 이해는 물론 소설도 잘 이해했다. 스토리 위주의 독서에 흥미를 붙이면서 다양하게 폭 넓은 독서로 발전해 나갔다.

고등학교 2학년인 지금은 진로를 찾아가고 있다. 공부벌레로 전 교과 우수 학생이다. 역사에 대한 관심도 크다. 역사이야기를 처음 하던 시절의 진아가 보인 착상의 힘이 떠오른다. 질문을 다각도로 해서 역사의 핵심을 잘 잡아 나갔다.

역사는 이야기다. 시대 이야기를 비롯해 인물 이야기, 왕 이야기, 사건 이야기 등 그 시대를 즐겁게 나누는 이야기다. 진아가 역사로 진로를 정할 것은 그만큼 역사에서 재미를 찾았기 때문이다.

독서는 착상을 통해 사고력과 논리력을 키울 수 있다. 무엇인가를 상상하고 그리고, 구체적인 표현으로 정리하는 습관을 들인다면 독서는 더할 나위없이 좋은 친구다.

친구와 노는 것처럼 착상하는 시간을 즐겨보자.

길을 걷다가 유독 눈에 띄는 관찰 대상이 있다면 멈추어 생각하는 시간을 가져보자.

가을 독서

  추석이 지나고 긴 연휴가 충전의 시간을 만들어주었다. 시골길에서 자연을 감상하며 부모님과 모처럼 대화도 나누었다. 다람쥐가 부지런하게 도토리와 씨름하는 모습도 정겹게 다가왔다. 코스모스 길가에 피어 지나는 이들에게 소곤소곤 가을이야기를 들려준다.

  가을 속으로 들어가고 싶다. 사람들이 느끼는 정서는 어떠할까? 분명하게 생각하고 전달하는 모습 속에서 살아간다. 배움도 그렇고 사회에서 위치도 그렇다.
내 자신을 잠시 내려놓고 자연의 정취에 빠져본다.

들판을 바라본다.
가을 들판에서 하늘을 본다. 노랗게 익어가는 벼들
을 보며 농부들의 땀방울을 기억해본다.

아이들이 자라서 어른이 되듯 독서도 마찬가지다.
점진적으로 이뤄지는 독서력을 통해 인성도 발달하고
성장한다.

소율이는 가을 이야기를 준비 중이다. 새롭게 독서
로 여는 사색을 통해 열심히 다가서고 있다. 독서시간
에 질문도 많이 던진다. 여러 가지 주제 찾기에 흥미를
보인다.
소율이가 재미있어 하는 논술 시간은 환한 미소를
머금고 듣는다. 쓰기도 좋아하고 발표도 잘하는 소율
이는 이제 새로운 가을 독서를 하고 있는 중이다. 자신
감도 키우고 리더십도 독서를 통해 준비하고 있다. 행

복한 웃음으로 미래를 책임질 소율이를 기대해본다.

준섭이는 역사에 관심이 많다. 눈망울이 초롱초롱해 금방이라도 감성이 살아서 움직일 듯 적극적이다. 역사에 등장하는 인물에 관심을 보인다. 발표도 잘하고 자기 정리도 잘한다. 승부욕도 있어서 퀴즈에 민첩하고 독서알기에도 열심이다.

준섭이는 가을 독서를 통해 광개토대왕의 힘을 기대하는 모습이다. 지평을 열어 크게 호령할 그 넓은 마음을 배우고 있다. 창의력으로 발전해 나가는 준섭이를 기대해본다.

홍범이는 다양한 독서를 좋아한다. 독서를 통해 논술을 즐겨하고 역사를 통해 우리나라의 모습을 기억한다. 밝게 웃는 모습이 인상적인 홍범이는 가을 독서를 통해 새로운 경험을 하고 있다. 상상력이 좋고 무엇이든지 발표하려는 적극성도 있다.

홍범이는 쓰기를 준비 중이다. 글에 나타나는 여러 가지 행동을 보고 따라서 내 것으로 만드는 중이다. 논술을 배우며 자신감을 키운다. 상상력 테스트를 통해 협동심과 자율성도 기른다.

홍범이는 무엇이든 도전하고 싶어한다. 창의적인 글쓰기도 이제 잘 할 수 있다. 생각을 가을 독서에 모으고 자연을 통한 사색을 기른다면 훌륭한 홍범이가 되리라 믿는다.

행복은 남이 주는 것이 아니라, 내가 스스로 만들어가는 것이다. 낙엽들이 소리를 발하고 산과 들이 단풍으로 갈아입고 춤을 추는 가을을 풍요롭게 보내야 한다. 혼자만의 사색보다 우리 모두의 사색으로 가을을 만들어보자.

"건강을 지키는 데는 약보다 음식이 낫고, 음식보다
는 걷는 것이 낫다."

조선의 명의이자 한의학의 선구자 허준의 명언이다.
건강은 우리의 생명이다. 생명을 지키기 위해서는 노
력을 해야 한다. 노력의 출발점은 움직임이다. 사람이
움직이지 않고 있는 것은 스스로 건강을 포기하는 것
이다.

독서도 건강을 지키기 위한 움직임과 같다. 매일 독서를 생활화해야 한다. 준비하고, 읽고, 쓰기를 반복하면 하루가 달라지고 세상을 바꿀 수 있다.

'책을 읽는다' 는 것은 샘물을 마시는 것과 같다. 깊은 곳에서 우러나는 진정한 지혜다.

독서

너를 보면 생각나
너를 보면 빠져들어
힘들어도 기다려지고
누가 뭐래도 행복한
너의 향기에 취해버려

넌 나에게
그런 의미야
하루라도 보지 않으면
채워지지 않아

너의 매력에 잠이 안 올 때도 있지
지구력이 필요해
끝까지 너를 붙잡을
가장 소중한 너의 모습이니까

책을 어떻게 읽는가?
무엇을 기준으로 독서를 준비해야 하는가?
책을 읽고 난 후 정리는 어떻게 해야 하는가?
책이 인간에게 주는 교훈과 비전은 무엇인가?
독서감상문과 문학기록장은 어떻게 준비하고 기록
해야 하는가?
대입 논술을 준비하는 요령과 자소서는 어떻게 시작
해야 하는가?
창의적인 글쓰기와 독서는 어떤 관계가 있는가?

이런 질문을 할 때 정말 몰라서 답을 듣기 위해 묻
는 것이라고 생각하지 않는다. 그들도 답은 다 알고 있다. 다만 전문가를 통해 자신이 알고 있는 것에 대한 확인을 받고 싶은 경우가 많다. 답은 누구나 다 알고 있다.

행복한 독서로 봄을 맞이하자. 입춘이 다가온다.

생각열기 독서

독서는 주제 찾기를 통해 내용 파악은 물론 기본적인 단어의 의미를 알아가는 과정이다. 문장과 문장 사이에 등장하는 전체적인 흐름을 파악할 때는 보물을 발견하듯 기쁨을 맛볼 수 있다. 그런 과정에서 자연스레 독서를 통한 자아실현의 길로 들어서는 것이다.

독서에서 무엇보다 중요한 것은 생각을 하며 책을 읽어 창의력을 키워야 한다는 것이다. 창의력의 기초는 상상력이다. 우리는 어려서부터 다양하게 상상력을 발휘한다. 상상력에 대한 성취감을 많이 느낀 아이가 창의적인 성격으로 자라는 것이다.

독서를 통해 상상력을 발휘해 보자. 농촌을 배경 삼아 상상력을 키운 아이는 땀방울의 가치와 농촌의 삶을 알 수 있다. 풍요로운 농촌 들녘의 소박한 일상들을 세세하게 수놓을 줄 안다. 농부들이 웃는 이유가 가을에 풍성한 수확이 있기 때문이라는 것을 안다. 농촌에 대한 긍정적인 생각이 바탕이 되었을 때 농촌 생활을 좀 더 긍정적으로 개선해 나가는 창의력을 발휘할 수 있다.

어촌을 배경으로 생각 키우기를 해보자. 바다를 항해하는 배들을 보며 바다를 그리워해 본다. 어촌 수산 시장에서 바라본 물고기들의 비릿함은 낭만이다. 바다가 그리워서 찾는 이들의 생각은 크다. 점점 더 생각을 넓혀 바다를 통째로 이해하게 된다.

희원이는 상상을 잘 한다. 자연을 감상하며 그 자연에 깃든 숨결을 바라본다. 꿈을 그리고 책을 읽으며 사고를 통한 깊이 있는 대화를 시도한다.

꿈나라 도서관에 와서 다양한 소설을 읽는다. 소설 속 주인공들을 노트에 빼곡하게 옮겨 적으며 기억해 나간다. 머리에 떠오르는 생각들을 정리 중이다. 여기 저기 다니며 사색하면서 빈 노트를 채워간다.

상상노트를 디딤돌처럼 쌓아간다. 즐거움으로 하루를 기대하며 온전하게 성장하기를 바라는 부모의 마음을 헤아리는 희원이는 독서로 미래를 준비 중이다.

친구들과 함께 아름답게 '생각열기'를 펼쳐간다. 희원이가 보여주는 생각 열기는 다음과 같다.

하나. 독서를 통해 미래를 꿈꾸는 상상의 '생각열기'다. 하루에 읽었던 독서를 정리하고 미리 계획을 세운다. 고등학교 시간표 교과에 맞추어 '교과 지도표 독서 계획세우기'를 한다. 미리 독서로 생각을 열어 교과서를 이해한다. 주제, 사건, 배경 등 다양한 요소들이 등장하는 교과를 단숨에 내 것으로 만든다.

둘. 자료 찾기를 통해 현장감을 일깨우는 '생각열기'다. 행복하다는 말은 어떻게 행동하느냐에 달려 있다. 무엇을 배우고 실천하는가에 따라 열매도 다르다. 온전한 열매는 주인이 어떤가에 달려 있다. 주인이 부지런히 좋은 밭을 가꿔야 소출이 많듯, 자료찾기도 주인이 부지런할 때 풍부해진다. 좋은 자료를 집중적으로 찾아야 좋은 글을 써 내려갈 수 있다. 독서를 하면서 좋은 자료를 저장해 두는 것은 매우 중요하다. 글을 쓰면서 필요한 부분은 반드시 찾아본다. 적극적으로 자료를 검색하고 다양한 부분들을 찾다보면 '생각열기'의 질이 달라진다.

셋. 쓰기를 반복하며 자기정리를 하는 '생각열기'다. 희원이는 쓰기를 반복한다. 하루에 적어도 10번은 습작을 통해 상상력을 키워간다. 시를 쓰고, 독서감상문을 쓰고, 동화나 소설도 끊임없이 도전한다. 일상에서 기쁜 것을 표현하고자 수필도 시도해 본다. 글의 장르를 가리지 않는 글쓰기 습작 중이다. 잘 쓰고 못 쓰고가 아니라 시도 자체가 의미가 있다. 쓰기를 통해 '생각열기'를 하다 보니 작품 이해도 빠르다. 쓰기를 통한 '생각열기'가 보여주는 선물이다.

사
춘
기
독
서

학생이 들어오자마자 고전에 대해 이야기한다. 소설의 흐름과 일주일 동안 독서를 통해 느낀 부분을 솔직하게 말한다. 고등학생이 되어 자신에게 주어진 환경 가운데 고전을 이해하고자 노력하는 모습이 대견하다.

"선생님, 요즘 고민이 있어요."

"어떤 고민일까?"

"학교생활에서 부딪히는 고민이 많아요."

"신학기라 적응하기가 쉽지 않나 보구나?"

"네, 친구들과 관계가 어려워요!"

"그래, 힘들겠구나! 그렇지만 선생님이 응원한다."

"감사합니다."

학생은 고민이 많다. 사춘기는 지났다지만 이성과의 관계도 고민이다. 내신에 대한 고민, 진로에 대한 고민 등등.

나도 그런 시기가 있었다. 중학교 시절에 농촌에서 자랐다. 어둡고 가난한 시절이라 풍족함을 느끼지 못했다. 호기심이 생기면 당시 신문이나 교과서, 선배들이 물려준 책장들을 펼치며 시간을 보냈다.

어느 날, 중학교 사회과 부도가 눈에 들어왔다. 빛바랜 사회과 부도에서 나라 찾기를 했다. 수도 찾기를 했다. 지명들을 외우며 시간을 보냈다. 그리고 꿈을 꾸었다. 먼 미래에 대해 가보고 싶은 곳을 정해서 체크를 하며 희망을 키우며 하루하루를 보냈다.

중학교 2학년 시기에 나는 글을 쓰기 시작했다. 글쓰기를 하면서 사춘기 고민이 사라지는 것을 느꼈다.

글을 통해 희망을 엮어 나갔다. 각종 대회에 참가하면서 글에 대한 호기심을 충족시켰다.

내가 풀어나갔던 사춘기 시절의 고민 탈출법이었다.

요즘 아이들에게 이런 말이 통할지 모르겠다.

그럼에도 불구하고 이보다 좋은 방법이 또 있을까 싶어 사춘기 탈출법 두 가지를 소개해 본다.

하나. 간단한 독서로 채워보자

사춘기는 예민하다. 독서가 제대로 눈에 들어오지 않는다. 그렇기 때문에 더욱 의지를 갖고 책을 펼쳐야 한다. 이때는 청소년의 생각을 정리해 주는 독서가 좋다. 장르는 만화책, 소설, 고전문학 등이 좋다. 만화책은 사춘기에 머리 식히기로 적합하다. 흥미 있는 문화사 만화나 다큐 만화, 판타지 만화, 추리만화 등은 지식도 충족시켜 줄 수 있어 더욱 좋다. 소설은 현대소설과 근대소설이 좋다. 소설에는 사람 사는 이야기가 있다.

둘. 체험활동과 다양한 문화탐방을 해보자.

사춘기에는 괜히 혼자 있고 싶어진다. 골방이나 개인만의 공간으로 빠지면 게임이나 가상의 공간으로 빠지기 쉽다. 가상 공간은 청소년들에게 유익하지 않다. 단순히 반복되는 일에 창의성을 찾기 힘들고, 자칫 그릇된 길로 빠질 수 있다.

그래서 체험 활동이 필요하다. 육체적 노동을 필요로 하는 요양시설 봉사나 고아원 봉사, 어린이 집 봉사도 좋다.

문화 탐방도 골방에서 나갈 수 있으니 좋다. 전국을 동선으로 스스로 선택하여 실천했으면 한다. 안동 하회 민속마을과 경주 역사지구, 부여 역사지구, 경복궁 도심 투어 등은 직접 찾아가서 보고, 듣고, 배우는 최고의 학습 공간이다.

세상을 알려주는 친구

오월이다. 푸르른 창공에서 마음껏 뛰어 놀고픈 오월이다.

어린이 세상처럼 오월은 해맑다. 지역마다 축제의 장이 펼쳐지고 다채로운 공연 문화가 활기를 띠는 오월이다. 찾는 이 반기는 이 모두 기쁨으로 축제를 즐기고 있다.

오월은 어린이날, 어버이날, 스승의 날, 부부의 날 등 각종 기념일이 있어 만나면 누구나 웃을 수 있는 계절이다.

어린이날을 만드신 방정환 선생님은 동심을 중요하게 여겼다. 아이들의 눈높이를 잘 알았다. 아이들에게 무엇이 필요한지, 어떤 마음으로 아이들을 대해야 하는지 공감할 수 있는 요소를 잘 파악했다. 그래서 색동회를 조직하여 전국을 돌아다니며 구연동화를 전해 주었다. 어린이 잡지를 발행하여 전국에 어린이 세상을 알렸다. 오월은 방정환 선생님의 사랑으로 훈훈하다.

학생이 찾아왔다. 책을 읽다가 문득 선생님이 떠올라 찾아왔다고 한다. 스승을 천하보다 귀하게 여기라는 문구를 봤다고 한다.

독서를 즐기는 학생이기에 아호를 지어 주었다.

청명, 밝고 푸르게 살아라는 뜻이다.

세상의 은혜를 기억하는 제자가 되길 바라는 마음을 담았다. 그 덕분인지 학생은 좋은 인성을 갖추고 세상의 훌륭한 인재로 자라고 있다.

오월은 자유롭다. 마음껏 꿈을 펼칠 수 있다. 누구나 웃음을 짓고 행복을 추구할 수 있다. 행복감은 자존감이 높을 때 더욱 커진다. 자존감을 높이는 데는 독서가 최고다. 독서가 부족하면 내면이 공허하다. 내면이 공허하면 자존감은 낮을 수밖에 없다.

시립도서관이나 공공도서관을 찾아가 보자. 그곳에서 하루 종일 독서하고 공부하며 습작하는 사람들을 볼 수 있다. 아침부터 저녁까지 최선의 삶을 사는 이들이다. 그들은 가장 효율적으로 시간을 관리하는 사람들이다. 스스로에게 주어진 시간과 환경을 잘 활용하며 희망찬 인생을 설계하는 이들이다. 행복하고 싶으면 행복한 사람 곁에 있는 것이 좋다. 마찬가지로 자존감 높은 행복한 사람이 되고 싶으면 도서관에서 독서로 자신의 삶을 가장 알차게 꾸리는 사람들 곁으로 가 보자.

나는 어릴 적 시골에서 자랐다. 자연을 벗삼아 가난
을 등지고 순수하게 배고픔을 이어갔다. 독서라는 것
도 모른 채 마냥 친구들과 뛰어 놀다가 집에 오면 지
나버린 신문지를 보며 독서 아닌 독서를 했다.

그땐 그랬다. 사회가 어수선하고 물질의 혜택도 받
지 못한 시절이었다. 조금이라도 책을 보고 싶으면 읍
내의 군립도서관에 가야 빌려볼 수 있었다.

중학교 도서관은 형편없는 도서량으로 갈망을 채울 수 없었다. 자전거로 읍내 도서관에 가서 책을 읽어야 했다. 불편하지만 최선이었다.

<어린왕자>와 <톰소여의 모험>, <로빈슨 크로소>를 읽으며 꿈을 꾸고 이상을 키워나가는 시절이었다. 조금 더 나아가 명심보감은 물론이요, 다양한 명작들도 보았다. 고전을 통해 논어와 맹자를 알게 되었고, 책 속에 길이 있음을 깨닫게 되었다. 세계지도를 보고 세계 각 나라의 특성을 이해하기 시작했다.

중학교 2학년 무렵에 독서의 중요성을 알기 시작했다. 그때부터 글쓰기를 알고 관심을 기울였다. 시를 좋아해 습작을 하고 단편소설집을 읽어 내려가며 어휘력과 표현력을 배웠다.

하루 종일 글을 쓰기 위해 고민하고 밤을 지새운 적도 있다. 글을 쓸 때 어머니 이야기를 빼놓을 수 없다. 어머니는 내 글쓰기의 밑거름이다.

나는 어머니 덕분에 글을 쓰기 시작했다. 36년 가까

이 글을 쓰면서 지금도 어머니를 떠올리면 눈물이 먼저 난다. 가난하고 힘든 시절에 누구보다도 칭찬과 격려로 힘을 보태주신 분이기에 그렇다. 어머니는 쉰셋이라는 짧은 생애를 살다 가셨지만, 내게는 영원한 보배요, 기쁨의 원천이다. 어머니의 기대와 사랑이 지금의 나를 만들었기에 감사하다. 나는 어머니의 격려를 받으며 습작을 하며 사색하는 것을 즐겼다. 어머니를 따라 읍내 시장에 가서 팥죽을 먹다가 돌아와 팥죽에 대해 생생하게 표현해서 칭찬을 들었던 기억이 생생하다.

내게 독서는 어머니였다. 이후 독서는 내게 아버지였다. 지금의 독서는 가족이자 사회 친구다. 내게 모든 것을 알게 하는 신의 선물이다. 미래를 꿈꾸며 현실을 직시하는 능력을 키워주는 마법사다. 시간을 투자할수록 두 배로 갚아주는 고객이다. 하루를 기쁘게 하는 마술사다. 한 달을 넉넉하게 하는 기쁨이다. 일 년을 풍요롭게 하는 요술항아리다. 매일 내게 행복을 보내주는 아들이자 딸이다.

독서는 나를 알아가는 길이다. 독서는 아이들이 꿈을 노래하는 전당이다. 사람들의 길을 안내하는 길잡이다. 세상을 크게 들여다보고 눈을 들어 감사하게 하는 공간이다. 감성을 키워주는 소중한 내 아이들의 보금자리다. 정보가 필요할 때 노크하는 나의 친구다.

독서는 우리를 풍요롭게 만든다. 하늘과 땅이 식물의 싹을 틔우고 열매를 맺게 하듯이 독서도 우리들 꿈의 싹을 틔우고 자라서 열매를 맺게 해준다.

아이들은 독서 친구들과 토론을 주로 한다. 주제를 정해 책을 읽고 그 내용을 발표한다. 주인공의 동선을 알아가고 사건의 실마리를 발견해 나간다. 토론을 하다 보면 자신감을 키울 수 있다.

아이들에게 가장 필요로 하는 창의력은 독서토론의 자신감에서 나온다고 본다. 책을 읽고 토론하고 발표하는 과정을 거쳐 아이들은 성장한다.

독서는 친구다. 세상을 알려주는 소중한 친구다.

나는 아이들과 함께 하다 보니 하루에 30권 내외의 책을 읽을 때도 있다. 물론 동화책이 다수라 가능한 일이다.

자전거를 타고 중학교를 다니던 시절이었다. 들판에 피어 있는 들꽃을 보았다. 누구도 관심을 두지 않지만 여전히 아름답게 피어 있는 들꽃처럼 나도 그럴지 모른다는 생각을 했다. 지금은 누구의 관심도 받지 못하고 있지만, 들꽃이 묵묵히 아름다운 꽃을 피우고 있듯이 나도 독서를 통해 나만의 길을 다지고 있으면 언젠가 누군가와 더불어 살아갈 수 있을 거라고 생각했다.

그래서 더욱 책을 친구로 삼았다. 읽었던 책을 다 기억하지는 못해도 그때의 기억이 지금은 내게 큰 자산으로 남아 있다.

나는 누구를 위해서 책을 읽지 않는다. 오로지 나를 위해서 읽는다. 그 속에서 교훈을 찾고 삶의 지혜를 얻어 왔다.

글을 쓰는 것도 마찬가지이다. 나는 글을 쓸 때 행복을 느낀다. 나를 정리하고 돌아보는 장점도 있지만 그보다는 성장을 위해 글을 쓴다. 매순간 인간으로 성장하는 밑거름을 독서에서 찾고 글을 통해 순환한다. 글은 나의 친구다. 하루도 쓰지 않으면 오히려 어색하다.

대학 1학년 때 방황을 했다. 국문학을 배우고 있을 무렵 어머니가 갑작스럽게 하늘나라로 가셨다. 시를 좋아하고 글이 좋아서 문학청년을 꿈꾸던 시절! 어머니는 말없이 천사가 되어 떠나셨다.

어머니가 없는 세상은 나에게 시도 글도 의미가 없었다. 한동안 방황하면서 글을 쓰지 않았다. 내 생의 동력을 잃어버린 것이다.

날개 꺾인 인생이었다.
허전하고 공허했다.
그렇게 1년이 흘렀다.

어느 날 길을 걷다가 폐지 줍는 할머니를 보았다. 할

머니 얼굴에 송글송글 맺힌 땀방울을 보며 '나도 저 할머니처럼 열심히 살아보자.'고 마음을 먹었다. 할머니는 생활이 어려워 폐지를 줍는 게 아니었다.

"놀면 뭐해? 움직여야 건강하지."

할머니는 매우 긍정적이셨다. 폐지를 줍다 쓸 만한 책이나 동시집이 나오면 모아 두신다고 했다. 그런 책을 모아 손주들에게 주신다고 당당하게 말했다. 지금은 고인이 되었지만 그 할머니를 통해 삶의 위안을 얻었다.

어머니를 하늘나라로 보내고 2년 후부터 다시 글을 친구로 삼았다. 눈물도 많이 흘렸다. 글을 쓰다가 그리움이 스치면 눈물이 났다.

세월은 정말 빠르다. 어느덧 31년이 흘렀다.

지금은 어머니가 하늘나라로 가신 나이가 되어 '꿈나라 아이들'과 독서로 함께 하고 있다. 이것이 내게 주어진 사명이라 여기고 있다.

행복이란

행복이란 일상을 벗어버리고
나만의 상념을 저울질 하지 않는 것이다
그저 즐겁다 노래하며 소리치는 것이다

수다스럽게 웃어도 보고
낄낄거리며 음료수 한 컵

혼자서 비울 줄 아는 것이다

때론 커피향 짙은 자연 울림 마당에
삼삼오오 대화하며 소곤대는 하루
기쁨으로 내일을 기대해 본다

사색과 독서로 충전하며 돌아보는
소박한 소망으로 길을 비추는 것이다
작은 것에 감사하고 기뻐하는 지혜다

행복이란 그런 거
특별함이 아닌 우리들 세상
그저 그렇게 살아가는 것이다

소소하게 살아가는 게 행복이다.
꾸미지 않고 진솔하게 이야기하며 나누는 것이 행복
이다.

지금의 아이들은 어디에서 행복을 찾을까? 꿈을 그

리고 살아야 하는데 꿈보다는 현실에 치여 사는 경우가 많다. 게임이나 인터넷 등 정리가 안 되는 환경에 처해있는 경우가 많다. 참으로 안타까운 현실이다.

<그리스 로마 신화>의 원작자인 '토머스 불핀치'는 미국 하버드 대학을 졸업했다. 투철한 관찰력으로 대학을 졸업한 뒤 박물학, 문학, 교육 등에 관한 일을 했다. 그는 "그리스 로마 신화를 모르면 유럽 문화를 대부분 이해할 수 없다"는 생각으로 꾸준하게 신화, 민담, 전설을 연구하면서 많은 저서를 발간했다. 그 중에 <전설의 시대>는 가장 유명한 신화 책으로 알려져 있다. 이야기 솜씨가 뛰어나 서술이 간결하여 오랜 세월 동안 온 세계 독자들의 사랑을 받은 <그리스 로마 신화>도 여기에 속해 있다.

꿈을 그리는 시기에 우리는 '토머스 불핀치'를 배울 필요가 있다. 관찰력으로 다양성을 연구하고 추구해야 한다. 독서를 통해 꿈을 찾고 그 안에서 다양한 휴먼 스토리를 찾아 장래 희망을 만들어 가야 한다. 자라나

는 아이들이 사춘기와 청소년기를 이런 과정을 거치면
서 성장하고 발전하도록 이끌어야 한다.

나는 독서상담을 하면서 아이들의 심리체크도 한다.
미래를 열어가는 행복한 길이 무엇인지 깊이 고민하고
함께 조율해 나간다. 꿈을 지니는 아이들이 되도록 격
려하며 지도한다.

때론 시 낭독도 시켜보고 동시와 시도 쓰게 하고, 수
필도 짧은 소설도 써 보도록 한다.

생각이 어느 한 곳에만 머물지 않도록 창의력을 키
워준다. 혼자만의 시간이 아닌 함께 하는 독서 시간으
로 만들어 간다. 그야말로 독서로 꿈을 그리는 우리들
의 세상을 가꾸어 간다.

노벨의 어머니는 언제나 노벨을 위해 시장에서 우유 장사를 하셨다. 채소를 함께 팔면서도 4명의 자녀들에게 환한 웃음을 보였다. 가난한 작은 가게를 운영하면서도 노벨에게 어머니는 언제나 따뜻했다. 어머니의 사랑에 영향을 받아 노벨은 길거리에서 성냥을 팔아 어머니를 돕고자 했다.

노벨의 시 '수수께끼'에는 이런 구절이 있다.

"내 요람은 죽어가는 사람의 침대와 같다. 희망은 실낱 같았지만 깜박이는 작은 불꽃을 지키려고 어머니는 두려움에 찬 사랑으로 수년 간 그 곁을 지키셨다."

노벨은 스웨덴의 화학자이자 발명가로 '다이너마이트'나 '무연 화약'을 발명하여 세계적으로 인정받고 큰 부자가 되었다. 1895년 노벨은 자신의 전 재산을 인류의 행복과 세계평화를 위해 훌륭한 일을 한 사람에게 상금을 주는 제도를 만들어 달라 유언한다. 노벨의 유언대로 스웨덴 국왕의 명령대로 '노벨재단'이 설립되었고 해마다 노벨상을 수여하고 있다. 노벨상은 전 세계 사람들이 일생에 한번쯤 도전해볼 만한 가치가 있는 상이다.

물리학의 선구자 스티븐 호킹이 20살쯤 조정 선수로 운동하다 루게릭병(근위축성 측색 경화증)에 걸렸다. 스티븐 호킹은 강인한 인내와 정신으로 극복하고 세계적인 블랙홀 이론을 성립시킨 과학자가 되었다. 스티븐 호킹에게 직접 영향을 준 것은 아버지의 독서 습관이다. 스티븐 호킹은 독서를 통해 사물에 담겨져 있는 진리를 가장 손쉽게 찾을 수 있는 방법은 바로 과학이라는 믿음을 갖기 시작했다.

노벨상을 받는 사람들의 공통점은 독서를 즐겨했다는 것이다. 사색을 좋아하고 호기심으로 사물을 대했다. 자료를 정리하는 습관을 통해 기억하는 작업을 독서로 풀었다. 세밀한 관찰도 중요한 요소가 되었다. 꾸준한 자기 노력과 더불어 독서로 하루를 정리하는 습관들이 있었다.

햇살이 곱다. 비가 내리고 무지갯빛 하늘처럼 반긴다. 사람은 누구나 밝음을 좋아한다. 노란 빛깔로 수놓은 산수유가 활짝 손님 맞을 준비를 하고 있다. 내 고장 이천에는 산수유 축제가 열린다. 군락으로 자라는 산수유 꽃들을 보며 긴 생명력을 기억한다.

해가 지나도 늘, 웃음으로 찾아 온 자연들이 어쩌면 이리도 고마울까?

스페인의 바르셀로나 도시에 가면 쉽게 세계적인 건축가 '가우디'의 작품을 접할 수 있다. <구엘 공원>을 시작으로 <사그라다 파밀리아 대성당>, <카사 비센스>, <카사 밀라>, <카사 바트요>, <구엘 저택> 등 가우디의 작품들이 즐비하다.

가우디는 자신이 지은 건축물에 자연을 담았다. 인간과 자연의 상생 관계를 잘 아는 건축가다. 자연을 통해 인간이 성숙한다는 이치를 깊이 알고 실천한 건축가다.

자연은 신이 만든 건축이며, 인간은 그것을 배워야 한다. 가우디는 자연을 벗삼아 독서 공간을 창출했다. 자연을 통해 독서마당으로 생각하고 어린 시절부터 산과 들을 친구처럼 받아들였다. 자연을 통해 창의력을 키웠다. 상상력을 기본으로 하는 건축가가 되고자 했다.

가우디는 풍부한 상상력을 자연과 병합시켜 독서로 승화 시킨 사람이다. 건축가는 무엇보다도 다양한 스토리를 지니고 있다.

　바르셀로나의 건축 영웅이 되기까지 가우디의 삶은 순탄치 않았다. 세공사의 아들로 태어나 아버지를 보고 자랐다. 매일 쇠붙이로 물건을 만드는 대장간에서 아버지를 도우며 재능을 발견하게 된다.

　가우디는 몸이 약했다. 허약해서 늘 폐병과 관절염에 시달리며 살았다. 몸이 아프면 학교에 가지 못했는데, 그럴 때마다 꽃들과 나무들을 관찰하며 시간을 보냈다. 몬세라트 산에 자주 갔는데 나중에 가우디 건축물에 큰 영향을 주었다.

　가우디는 바르셀로나 시립 건축학교에 입학했는데 가르치는 교수들을 보고 실망했다. 실천적인 교수가 아니라 이론을 앞세우는 교수들이었기 때문이다. 가우디가 원하는 아이디어를 내고 창조력을 키울 배움의 장소가 아니었다. 가우디는 혼자서 설계도를 만들었다. 교수들은 가우디를 골칫덩어리로 여겼다. 친구들도 가우디를 싫어했다.

　이때 우리라면 어떻게 할까? 기본 틀을 받아 들여 교수들의 말을 받아 들여야 하는가? 아니면 나만의 창의력을 발휘한 작품을 만들기 위해 벽에 부딪히더라도 부단히 노력해야 하는가?

가우디는 혼자서 도서관에 앉아 책을 보며 놀라운 상상력을 키우는 길을 선택했다. 보통 사람들은 아무도 알아주지 않을 때 실망하고 포기한다. 하지만 가우디는 달랐다. 어려운 환경을 극복하는 방법을 독서에서 찾으려 노력했다.

가우디는 대학을 졸업하고 평생 후원자인 구엘을 만났다. 구엘은 성공한 사업가로 예술에 관심이 많았다. 사람은 준비하면 언젠가는 자신을 알아주는 사람을 만날 수 있다. 누구를 만나느냐에 따라 인생이 달라질 수 있다. 가우디는 구엘로부터 저택, 별장, 공원 등을 만들어 달라는 제안을 받는다.

준비된 가우디에게 찾아 온 행운의 선물이다. 1878년에 가우디는 건축사 자격증을 받았다. 혼자서 생각하고 독서하며 준비한 가우디에게 도전이 필요한 시점이었다. 구엘을 만난 것은 막 도약하려는 가우디에게 날개를 단 격이었다. 가우디식 건축물이 나래를 펼치기 시작한 것이다.

가우디는 천재 건축가다. 스페인의 자랑이다. 가우디가 집념과 성실함으로 이룬 업적이었다.

가우디에게 독서는 친구이자 지침서였다. 독서로 배우고 실천하는 가우디를 그려본다. 가우디는 <사그라다 파밀리아 대성당>을 건축하며 뛰어난 상상력과 창의력을 발휘했다.

독서가 가우디를 최고의 건축가로 만든 것이다.

독서 메모와 자신감

혼자서 책을 읽은 후에 아무 것도 남기지 않고 그냥 넘어가면 독서의 효과도 줄어든다. 분명하게 느낌이나 감동을 메모하는 습관을 지녀야 한다. 독서 메모를 통해 사고력과 창의력을 길러야 한다. 독서 후에는 줄거리와 느낌과 비전을 기록하는 노력을 기울여야 한다.

서구적인 독서법은 리딩과 발표다. 책을 읽고 난 후 반드시 토론을 거쳐서 그 내용을 이해하도록 이끈다.

사람의 기억력은 한계가 있다. 이 한계를 극복해 주는 것이 독서 메모다.

책을 읽을 때 반드시 메모하는 습관을 들이자. 노트나 수첩을 활용하는 메모를 적극 권한다. 자기 정리를 위한 독서법을 생활화하다 보면 그만큼 발표에 자신감도 갖게 된다.

메모는 짧은 글로 연습해가며 습관을 들이는 것이 좋다. 스토리 위주의 글도 좋고, 운문의 형식도 좋다. 기사문이나 보고문의 형식도 다양한 글의 전개를 배울 수 있어 좋다. 신문 사설이나 칼럼을 활용하는 것도 큰 도움이 된다.

역사나 인물을 바라보는 관점도 독서 메모를 통해 키워갈 수 있다. 프뢰벨이나 페스탈로치, 몬테소리에 이르기까지 교육학자들은 한결같이 어려서부터 독서 습관을 중요하게 여겼다. 페스탈로치는 스위스 교육은 물론, 근대 교육의 아버지로 불리고 있다.

독서 메모는 발표에 자신감도 갖게 한다. 독서 후 토론이나 발표에서 가장 중요한 것은 자신감이다. 자신감은 저절로 생기지 않는다. 평소에 독서 메모를 해서 자신있게 발표할 수 있는 토대가 갖춰졌을 때 자신감이 더욱 생기는 것이다. 매사에 자신감을 갖기 위해서도 우리는 독서 메모를 생활 속에서 실천해 나가야 한다.

인물 속의 꿈과 희망

편협적으로 책을 읽는 이들이 있다. 자신이 좋아하는 종류의 책이라든지 아니면, 기호에 맞는 책만 선택하고 읽어 간다. 만화책이나 무협지처럼 흥미 위주의 책을 선택해서 읽는다. 이것을 편독이라고 한다. 그런데 편독은 사고력을 한쪽으로 치우치게 만든다.

독서를 안 하는 것보다는 그래도 편독이 나을 수도 있지만, 편독은 올바른 독서법이 아니다. 이왕이면 골고루 읽는 것이 좋다.

시중에는 창작, 명작, 전래, 위인, 문학, 역사, 고전에 이르기까지 다양한 분야의 책들이 나와 있다. 골고루 섭렵할 수 있어야 한다. 독서는 책을 읽고 끝내는 것이 아니라 그 내용을 각 분야에 적용하고 실천해서 결과를 이끌어 낼 수 있어야 한다.

독서에서 인물을 찾아가는 것은 매우 중요하다. 세종대왕이나 이순신, 유관순 등 익히 아는 긍정적인 인물은 물론 누구나 아는 부정적인 인물을 통해서도 배울 것이 많다.

학생은 인물 조명을 통해 자신의 진로와 적성도 발견할 수 있다. 꿈과 희망도 세울 수 있다. 꾸준히 인물 독서를 하다 보면 자신도 모르게 배우는 것이 많아지게 된다.

<삐삐 롱 스타킹>의 저자 아스트리드 린드그렌의 이야기다. 그는 어려서부터 이야기를 무척 좋아했다. 밤마다 어린 딸에게 재미있는 이야기를 만들어 직접

들려주었다. 그렇게 직접 들려준 이야기들을 모은 것
이 <삐삐 롱스타킹>이라는 동화책이다. 그는 늦은 나
이에 작가가 되어 많은 이들의 사랑을 받았다. 훌륭한
인격의 소유자다. 오로지 아이들에게 초점을 맞춘 전
형적인 동화 작가다.

<오즈의 마법사>의 저자 라이먼 프랭크 바움도 그
렇다. 그는 어려서부터 독서광이었다. 잡지 편집자, 신
문 기자, 배우, 외판원 같은 여러 가지 직업을 가졌다.
낮에는 일하고 밤에는 아이들을 위해 꾸준히 글을 썼
다. 매일 독서를 즐겨했고 꿈을 키우는 일에 관심을 갖
고 살았다. 1899년 <아빠 거위>를 발표했다. 이듬해
<오즈의 마법사>를 발표하여 선풍적인 인기를 끌었
다. <오즈의 마법사>는 영화와 뮤지컬로 만들어져 수
많은 어린이들의 사랑을 받았다.

<강아지 똥>의 작가 권정생은 어려서부터 나무, 고
구마, 담배 등을 팔며 힘겹게 생활했다. 가난이라는 것
을 직접 체험한 권정생은 자연을 좋아했고 아이들을

사랑했다. 1969년에 <강아지 똥>을 발표하며 동화 작가로 이름을 알린다. 또한 <오소리네 집 꽃밭>, <몽실 언니> 등을 써서 많은 독자들에게 사랑을 받았다. 유명한 작가가 된 뒤에도 검소하게 살다가 2007년에 세상을 떠났다. 권정생은 동화 작가로 책을 펴내 생긴 이익금을 모두 어린이들에게 기부하라는 유언을 남겨 화제가 되었다. <권정생 어린이 문화재단>을 만들어 세계 어린이들을 돕고 있다.

독서에서 인물들을 생각해 보며 읽는 것은 매우 중요하다. 정치, 경제, 사회, 문화, 예술에 이르기까지 우리 사회에서 인정받는 인물들을 통해 나의 미래 모습을 그려볼 수 있기 때문이다.

　　행복 독서는 준비다. 교육학자 마리아 몬테소리는 1870년 이탈리아에서 태어나 어린이 교육에 평생을 바쳤다. 그는 어린이 교육의 혁신가로 불린다.

　　"원래부터 해 오던 방식을 새롭게 고쳐서 좀 더 나은 방법이나 쓸모를 만들어 낸다."

　　몬테소리는 이런 신념으로 10가지 교육법을 제시했

다. 그 중에 가장 눈에 들어오는 몇 가지를 소개해 본다.

첫째, 어린이는 놀이로 배운다.

둘째, 어린이에게 학습이란 지식을 받아들이는 것이 아니라 일을 스스로 처리할 수 있는 능력을 갖게 되는 것이다.

셋째, 나이보다 흥미와 능력에 따라 학급을 나누는 것이 좋다.

세 가지는 내가 평소에 좋아하는 교육법이다.

어른들의 강요나 주입이 아닌 살아 있는 교육법이다.

우리 공교육에서 할 수 없는 셋째 방법은 정말 진지하게 고민해 봐야 한다. 일방적으로 나이에 따라 학급을 나누는 우리 교육의 문제점이 무엇인지 살펴봐야 한다.

학습을 효과적으로 이끌기 위해서는 <창의적인 존중학습>이 필요하다. 그 시기를 인정해 주고 스스로 학습하고 문제를 해결해 나가도록 도와줘야 한다.

행복 독서는 실천이다. 세종대왕은 어려서부터 학문을 좋아해 늘 독서를 즐겼다. 세종대왕의 하루 일과표를 보면 준비성과 열의가 얼마나 대단한지 알 수 있다. 새벽 5시에 기상한다. 5시30분에 조회를 주관하고, 조반을 들기 전 6시부터 한 시간 독서를 매일 했다. 오후에는 1시부터, 저녁에는 6시부터, 잠들기 전 9시부터 독서 시간을 가졌다. 그는 독서광이다. 1000번 넘게 읽은 책도 있다.

토마스 에디슨도 하루에 20시간씩 공부하는 독서 인물이다. 그가 47세에 말하기를 "에디슨 나이 47세에 내 나이 82세다"라고 고백했다. 남들보다 두세 배 더 일을 많이 했다는 고백이다.

실천이 없는 독서는 공허한 메아리다.

행복 독서는 글쓰기다.

독서를 그냥 읽는 것으로 생각하는 이들이 많다. 행복 독서는 그렇지 않다. 책을 읽는 것으로 끝내면 발전이 없다. 독서를 통해 얻은 교훈을 나만의 글쓰기로 정리해야 한다. 독서감상문이나 문학기록장 등을 작성한다. 자기 노트도 좋다. 책을 읽었다면 반드시 기록하고 정리하는 '독서 습관'을 길러야 한다.

　그래서 행복 독서는 글쓰기다.

세계명작 상상력으로 이뤄진

　1862년 어느 여름날, 옥스퍼드 대학의 수학자 찰스 루트위지 도지슨은 이 대학 학장의 딸인 앨리스와 물놀이를 하면서 재미있는 이야기를 들려주었다. 앨리스는 이야기가 너무나 재미있어서 도지슨에게 책으로 펴내 달라고 졸랐다. 도지슨은 루이스 캐럴이란 필명으로 앨리스에게 들려주었던 이야기를 책으로 출간했다.

　이 책이 바로 어린이들이 아주 좋아하는 <이상한 나라의 앨리스>(1865)다. 판타지 동화로 아이들이 좋아한다. 진정한 아동문학으로 손꼽히는 작품이다. 루이스 캐럴은 <이상한 나라의 앨리스>의 성공에 힘입어 속편 <거울 나라의 앨리스>(1871)도 출간했다.

도지슨 이후 판타지 동화가 춘추 전국시대를 맞이한다. 그때 나온 책 중에 오늘날까지 사랑받는 동화로 <오즈의 마법사>(1900)와 <피터팬>(1911) 등이 있다.

이탈리아의 아동 문학은 19세기 후반이 되어서야 탄생했다. 아미치스의 <사랑의 학교(원제 쿠오레)>(1866)와 카르로 콜로디의 <피노키오>(1833)가 가장 유명한 작품이다.

<피노키오>는 유쾌한 상상력이 가득 찬 작품으로 어린 독자들을 전혀 예상치 못한 낯선 장소로 안내한다. 꼭두각시 인형극장, 서커스단, 기적의 들판, 상어의 뱃속 등 어린이들은 피노키오를 따라 상상의 세계를 마음껏 따라 다니게 된다.

스웨덴의 여류 작가인 라게 뢰프는 스웨덴 교육계의 의뢰를 받아 초등학교 교본용으로 <닐스의 신기한 여

행>(1906)을 집필했다. 이 책은 원래 조국의 아름다운 모습을 그리는 것을 목적으로 했지만, 상상력이 넘친 이야기로 전 세계 아이들을 사로잡았다. 라게 뢰프는 1909년에 여성으로는 처음으로 노벨 문학상을 수상했다.

<톰소여의 모험>의 작가 마크 트웨인은 미국 미주리주에서 가난한 개척민의 아들로 태어났다. 4세에 미국 미시시피강으로 이사하면서 자연과 더불어 교감하고 미시시피강을 보면서 아름다운 강의 모습에 빠져들었다. 명랑하고 풍부한 상상력을 가진 마크 트웨인은 12세에 아버지를 여의고, 학업을 그만두게 된다. 혼자서 강을 보며 독서로 사색하며 상상력을 발휘하여 글을 쓰기 시작했다.

첫 단편집 <뜀뛰는 개구리>는 풍부한 유머로 이뤄졌다. <철부지 해외 여행기>는 친구 위너와 함께 쓴 <도금시대>로 황금만능주의에 물들어 있던 당시 미국사회를 비판하기도 했다.

그의 대표작은 어릴 적의 경험을 바탕으로 쓴 <톰

소여의 모험>과 어른들의 허위와 위선에 반발하는 어린이들의 마음을 표현한 <허클베리핀의모험>이다. 풍부한 상상력을 발휘한 마크 트웨인이 이룩한 세계명작이다.

아이들의 상상력을 키워주는 것은 매우 중요하다.

아이들과 함께 독서를 통해 상상력 테스트를 해보자. 주어진 단어나 사물을 놓고 마음껏 스케치북에 그리게 한다. 연상단어 떠올려보기를 통해 상상력을 끌어 올린다.

독서는 차근차근이라는 말이 필요하다. 아이들과 함께 책 속의 인물의 동선을 따라 그리고, 쓰고, 다듬고를 반복하다 보면 독서의 참 묘미를 느낄 수 있다.

아동문학의 발달은 상상력의 세계다. 처음에는 집에서 아이들에게 호기심을 유발시키며 흥미있게 들려주던 이야기가 정리되면서 세계 명작이 된 것들이 많다. 가장 개인적인 이야기가 가장 세계적인 이야기로 빛을 발휘한 것이다.

창의적인 아이들은 언제나 상상한 것을 말한다. 감춰진 생각들을 글로 정리해 가며 드러내는 말하기를 좋아한다. 그런 과정에서 상상력은 더욱 발휘되고, 그런 이야기들이 쌓여서 <이상한 나라의 앨리스>처럼 전 세계 아이들에게 사랑을 받는 세계명작을 낳게 되는 것이다.

　아이들을 지도하면서 항상 생각하는 것이 '아이들의 눈높이'다. 독서의 높이를 아이들에게 맞추어 전달하는 것이다.

　식물이 자라려면 적절한 환경이 필요하듯, 아이들의 독서력 향상을 위해서도 적절한 환경이 필요하다.

　가을에 농부가 들판에 익은 곡식을 보며 흐뭇해하듯, 아이들도 독서를 하며 자신을 알아가면서 그 열매를 보며 즐거워하는 것이다.

　　강렬한 색의 마술사로 유명한 화가인 앙리 마티스는 1869년 프랑스에서 태어났다. 마티스는 원래 변호사로 안정된 직장으로 인정받고 있었다. 어렸을 때는 그림에 소질이 없다고 생각해서 관심도 없었다. 하지만 갑작스럽게 찾아 온 병으로 변호사 일을 잠시 쉬게 되었다. 지루한 나날을 보내던 마티스는 어느 날, 침대에 누워 있다가 물감 상자의 뚜껑에 그려진 그림을 따라 그렸다. 그 순간 마티스는 자신이 가야 할 길이 바로 화가의 길이라는 사실을 깨달았다.

　　부모님은 반대했지만 마티스는 결심하고 실천했다. 파리에 있는 미술학교에 입학해 그림을 배우기 시작했다. 선생님들은 하나같이 마티스가 소질이 없다고 했다. 그의 재능을 인정해 주지 않았다.

　　하지만 딱 한 분, '구스타브 모로'라는 미술 선생님은 달랐다. 그는 처음으로 마티스를 인정해주었다. 마티스는 모로 선생님의 지도로 자기만의 그림을 찾아서 공부한다. 마침내 개성 있는 그림 세계를 알게 되고, 자기만의 색을 찾아서 그리게 된다. 사람들은 그런 마티스를 '색에 힘을 불어 넣은 마술사 같은 화가'라고 극찬하고 있다.

누구에게나 마티스 같은 재능이 있을 수 있다. 내가 정말 하고 싶은 것을 하며, 나의 재능을 인정해 주는 사람을 만나, 그의 칭찬과 지도를 받아 나갈 수 있다면 자기 분야의 최고가 될 수 있지 않을까?

혹시 내가, 내 아이가 마티스는 아닐까 점검해 볼 필요가 있겠다.

록펠러는 어린 시절을 불우하게 보냈다. 아버지의 잦은 외도로 어머니가 생계를 책임져야 해서 가난한 어린 시절을 보냈다. 하지만 그는 어머니를 따라 독실한 크리스찬으로 성경을 읽고 암송하며 살았다. 어머니는 매일 성경의 교훈들을 록펠러에게 전해 주었다.

록펠러는 어머니의 가르침으로 독서에 눈을 뜨기 시작했다. 책을 읽고 그 내용을 깊이 생각하는 습관이 생겼다. 남을 탓하기보다는 자신을 돌아보는 지혜가 생

겼다. 행복은 성적순이 아니라 자기계발이며 무엇이든
지 순응하는 자세에서 나온다는 사실을 알게 되었다.

록펠러의 인생에는 어머니가 있었다. 평생을 외롭게
사신 어머니를 록펠러는 옆에서 지켜보고 기쁘게 해주
었다. 부지런함과 검소함을 배우고 하나님을 공경하고
정직하게 살아야 함을 배웠다.

록펠러는 포기하지 않고 도전해서 마침내 세계 최고
의 부자가 되었다.

록펠러는 자신이 월급을 받으면 하루도 빼놓지 않고
기록했다. '매일매일 쓴 장부'가 그것이다. 일종의 가
계부였다. 그는 꾸준하게 자기 정리를 통해 계획을 세
워 나가는 길을 보여주었다. 장부 쓰기는 록펠러의 경
제 철학이기도 했다.

록펠러는 7살 때 처음으로 장사를 하면서 세상을 일
찍 알았다. 칠면조 장사를 하면서 입버릇처럼 나중에
크면 10만 달러를 벌고 싶다는 분명한 목표를 세우고
있었다. 고등학교 졸업이 전부인 록펠러는 대학을 나
온 사람들보다 더 뛰어난 지식을 소유하고 있었다.

록펠러가 처음 시작한 사업은 '곡물도매업'이다. 이 사업으로 그는 큰돈을 벌었다. 미국에서 때마침 '남북전쟁'이 일어나 곡물 값이 껑충 뛰어오르는 운도 따랐다. 두 번째 시작한 사업은 '정유사업'이다. 스탠더드 석유회사를 차린 것이다. 이후 미국 내 정유산업의 90% 이상을 차지했다. 이후 아스팔트, 페인트, 양초, 윤활류, 성냥 등을 개발해 판매해서 많은 돈을 벌어들였다.

록펠러는 보통 부자들하고는 다르다. 진정한 부자다. 남을 이해하는 부자다. 하늘을 섬길 줄 아는 부자다. 남을 아끼고 배려하는 부자다.

록펠러는 자신을 위해서 돈을 쓰지 않았다. 부자임에도 불구하고 가족만을 위해서 인색하게 돈을 쓰지 않았다. 오로지 사랑으로 소외된 이웃들을 위해서 아낌없이 썼다. 세계 24개 대학을 설립하고 5,000개의 교회를 지어 주었다. 의학 연구소를 세워서 많은 사람들의 병을 치료하고 생명을 구했다.

록펠러 재단을 설립하여 지금도 가난하고 소외된 이

웃들에게 장학금을 지급하고 돕고 있다. 또한 환경보존을 위해 투자하고 있다. 세계 평화를 위해 록펠러는 지금도 투자하고 있다.

사람이 태어나 어떻게 살아야 하는지 록펠러는 보여 주고 있다. 록펠러는 세계 철강산업의 부자인 '카네기'와 세계 조선 산업의 부자인 '오나시스'와 더불어 세계 3대 사업가로 알려져 있다. 시카고 대학도 세웠고, 지금도 꾸준히 하버드 대학과 콜럼비아 대학을 지원하고 있다.

록펠러는 98세의 나이로 세상을 떠나는 그 순간까지 행복한 모습이었다. 매일을 새롭게 살아간 사람이다. 초심을 잃지 않고 독서로 하루를 정리하는 사람이다. 어떤 일에도 포기하지 않고 감사를 실천한 사람이다. 진정한 돈의 가치를 보여준 사람이다. 자신의 모든 것을 세상에 다 내어 준 기업가이다. 그러기에 우리는 '록펠러 정신'을 본받는 것이다.

영국의 비달 사순은 시대를 앞서간 세계적인 개성
파 헤어디자이너다. 어려운 가정환경에서 태어나 어려
서부터 돈을 벌어야 했다. 자전거로 배달을 하거나 가
죽을 잘라 장갑을 만드는 일을 했다. 가죽 자르는 일이
나중에 헤어디자이너가 되는데 도움이 되었다고 말한
다.

14살에 미용실에서 청소하는 일부터 시작한 비달
사순은 자기가 맡은 일에 최선을 다하는 성실함을 보

였다. 20살에 중동 전쟁도 참전하여 용기도 얻었다. 그는 틈틈이 아이디어를 쌓아 자신이 미래에 어떻게 헤어를 준비해야 하는지 생각하며 살았다.

1954년 처음으로 자신의 이름을 딴 미용실을 열었다. 머리 모양을 개성있게 꾸미는 손님들의 모습을 생각하고 또 생각했다. 여러 가지 모양의 머리를 기억하는 그의 노력은 성실함 그 자체였다.

1969년 비달 사순은 <비달 사순 아카데미>를 세워 자신이 배웠던 기술과 경험을 다른 사람에게 알리기 시작했다.

영국에서 명예 훈장을 받을 정도로 유명해진 <보브 스타일>을 선보이는 토대를 마련한 것이다.

비달 사순의 업적은 남들이 하지 않는 자신만의 헤어스타일을 남긴 것이다.

보브 스타일은 머리카락으로 얼굴을 감싸듯이 자른 단발머리다. 5포인트 커트는 미니스커트를 탄생시킨 유명 디자이너 메리 퀀트를 위해 만들었다. 뾰족한 부분이 다섯 군데 있다고 해서 붙여진 이름이다.

머시룸 스타일은 바가지를 뒤집어 놓은 듯한 모양이

다. 버섯 모양과 닮아 머시룸 스타일이라 한다. 영국의 유명 가수 비틀스가 한 머리 모양이다.

독서는 개성을 돋보이게 하는 창의력의 산실이다. 독서를 하면서 누구나 궁금해 하는 질문을 떠올리고, 독서정리를 통해 자신의 생각을 덧붙이는 연습을 하다 보면 창의력을 키울 수 있다.

그때나 지금이나 개성의 시대다. 개성은 창의력이 바탕이다. 개성을 강조하려면 창의력을 키워야 한다.

비달 사순처럼 새로운 아이디어를 창출하려면 평소에 독서를 통해 자신만의 창의력을 키워나가야 한다.

읽고 생각하고 쓰는 행복

　　고향 뒷동산 정상에 가마구재가 있다. 어릴 때 봄이
면 친구들과 함께 모여 삽이랑, 괭이랑, 지게를 짊어지
고 가마구재에 올랐다. 산을 오르다 목마르다 싶으면
칡을 캐어 씹으며 올랐다. 하루 종일 친구들과 칡을 캐
며 호호하하 시간 가는 줄 몰랐다.

　　가난한 시절이라 집에는 먹을거리가 별로 없었다.
쌀독에 쌀이 없어 밑바닥을 보이던 그 시절, 겨우내 안

방 구석을 차지했던 고구마가 유일한 봄 식량이었다. 동생들이 배고파 하면 고구마를 김치에 돌돌 말아서 입안에 넣어 주었던 생각이 난다.

어머니는 자식들을 위해 아궁이를 지켰다. 봄나물을 캐어 냉이국, 보릿국 구수하게 밥상에 올리셨다. 그때는 그것이 마냥 기다리던 별식이었다.

부모의 사랑, 자식의 사랑, 인정 넘치던 어린 시절이 그립다. 개나리, 진달래가 지천으로 피어 있던 그 시절은 내게 소중한 자양분으로 자리하고 있다.

봄은 생명이다. 씨앗을 싹 틔우고 한 해를 기대하게 하는 원동력이다. 비전을 품게 하고 자유를 누리며 모든 이들을 포용하는 그런 계절이다. 산수유 개나리 노랗게 피어 새색시처럼 미소짓는 봄길은 신선하다. 차분하게 바람결에 흔들리는 개나리는 누가 시키지 않아도 활짝 웃어준다.

"이번 어버이날 글짓기 대회인데 글을 써 보거라."

중학교 2학년 때 국어 선생님께서 다짜고짜 글을 써 보라고 하셨다.

"선생님! 저는 글쓰기 해 본 적도 없고 잘 못합니다."

변명을 했지만 국어 선생님은 마구잡이로 그냥 써 오라고 하셨다.

그날 할 수 없이 집으로 와서 끙끙 대며 최선을 다

해 원고지를 가득 채워 국어 선생님께 제출했다. 얼마 후 교내 어버이날 글짓기 시상식에서 '최우수상'을 받았다. 생각지도 않은 상을 받아 어머니께 보여드렸더니 함박웃음을 지으셨다.

나는 그때부터 독서와 글쓰기에 자신감을 가졌다. 어느덧 지금까지 37년이라는 세월을 독서와 글로 소통하고 있다.

글쓰기를 잘 하라면 풍부한 독서가 뒷받침되어야 한다. 실제로 독서를 많이 한 사람일수록 글쓰기에 자신감과 능력을 발휘할 수 있다. 나도 그랬다. 국어 선생님이 내게 글을 써 보라고 한 것은 평소에 내가 책을 많이 읽고 있다는 것을 알았기 때문이다. 독서가 바탕이 되었으니 용기를 갖고 쓰기만 하면 얼마든지 좋은 글을 쓸 수 있다는 믿음을 보여주신 것이다.

글쓰기에 자신이 없다면 먼저 짧은 글을 써보는 것이 중요하다. 나는 아이들에게 글쓰기에 자신감을 심어주기 위해 동시집 읽기를 자주 한다. 동시는 짧은 글이라는 속성도 있지만 비유와 상징을 활용해서 번뜩이는 아이디어를 활용할 때가 많다. 창의력을 키우는데 동시만큼 좋은 공부법도 없다고 생각한다.

두뇌학자 중에는 비유와 상징을 활용한 시교육이 두뇌개발에 좋다고 하는 이들도 있다. 생각이 깊이를 키워 이성을 관장하는 전두엽을 발달하게 한다는 것이다.

아이들을 상대로 하다 보니 나는 이 말이 전적으로 맞다고 본다. 아이들은 동시를 배우면서 반짝이는 창의력을 발휘할 때가 많다.

초등학생에게 동시집을 권한다. 함축적인 시어들을 접하다 보면 작가의 창의력에 감탄을 할 때도 있고, 나도 이런 시를 한번 써볼까 하는 마음을 불러 일으켜 글쓰기에 자신감을 갖게도 한다.

동시에는 번뜩이는 창의력이 담긴 것들이 많다. 수필이나 독서감상문처럼 글을 쓰기 위해 오래 앉아 있지 않아도 좋다. 어느 한 순간 번뜩이는 아이디어를 살려 쓰면 된다.

아이들은 동시를 쓰면서 자신의 생각에 스스로 감탄도 하며 글쓰기의 충동을 느끼곤 한다. 그렇게 쓴 시에 대해 긍정적인 피드백을 해주면 글쓰기에 자신감도 갖기 시작한다.

동시집에 흥미를 붙이면 좋은 점이 정말 많다. 그 중에 세 가지를 정리하면 다음과 같다.

첫째, 생각을 정리하는 습관이 생긴다. 아이들이 자라면서 사고력도 함께 자란다. 사고력을 향상시키기 위해서는 무엇보다도 깊게 들여다보는 관찰력이 중요하다. 동시집을 읽다보면 아이들은 그 속에서 작가의 뛰어난 관찰력을 만나게 되고, 자신도 짧은 글을 쓰고 싶다는 생각을 하게 된다. 그러면서 자연스레 생각을 정리하는 습관을 갖게 된다.

둘째, 긍정적인 아이로 성장하게 된다. 동시는 대개 밝고 긍정적인 내용으로 이뤄져 있다. 동시집을 읽다보면 자연스레 그 안에 담겨 있는 긍정적인 내용을 가슴에 새기게 되고, 그처럼 세상을 긍정적으로 보는 마인드를 갖게 된다.

셋째, 꿈과 비전을 구체화 시킨다. 동시를 자주 접하다 보면 글쓰기에 자신감을 갖게 되고, 점차 자신의 꿈과 비전을 구체적으로 표현할 줄 알게 된다. 꿈과 비전을 자꾸 표현할 때 쉽게 이룰 수 있다. 동시를 통해 꿈과 비전을 구체화 시키는 것은 그만큼 자신이 원하는 것을 이루는데 한 발 더 다가서는 일이다.

나의 첫시집 <아내가 웃고 있다>(출판이안)는 동시에 기반을 두고 있다. '소통과 힐링 시집'이라는 기획시리즈에 어울리게 아이들과 함께 했던 마음을 담다 보니 자유시임에도 불구하고 동시적인 요소를 갖췄다는 평가를 받고 있다.

나는 <아내가 웃고 있다>에서 부정어를 쓰지 않았다. 시집을 발간한 후에 학생들과 시집을 통해 이야기하는 시간도 가졌다. 광화문 교보문고에서 저자 초청 강연회를 하면서 많은 분들과 좋은 시간도 가질 수 있었다.

많은 사람들이 시집에 담긴 가족사랑과 이웃사랑과 아이들에 대한 사랑을 좋게 평가해 줘서 뿌듯한 성취감도 느꼈다.

덕분에 이 시집은 미국에서도 번역본을 준비 중이다.

그 중에 하나를 소개하면 다음과 같다.

행복 독서로 여는 세상

웃고 웃다

넌지시 주위를 둘러보며

기쁨에 겨워 사랑에 겨워

온 우주를 거울 삼아

나란 존재를 알아가는 중이다

쉼이 있고 대화가 있다

소소한 나눔도 있다

마음으로 안아 올리는 겸손함도 있다

꾸미지 않아도 누가 탓하지 않는

너그러움도 있다

한 장 한 장 들여다보는 길이 있다

속속들이 등장하는 사연들이 있다

긴 세월을 소개하는 마법 같은 진리가 있다

행복이란

어쩌면 아주 소소한 일상이다

내 손에 쥐어 잡은

한 권의 시집이 나를 바꾼다.

　　　　　　－ 졸시집 '아내가 웃고 있다' 에서

소
통
과

힐
링
의

시

　사람과 사람을 이어주는 매개체가 언어다. 하지만
언어로 원활한 소통을 이루는 사람들이 얼마나 되는가
생각해 본다. 소통은 언어만이 아니라 그 속에 담겨 있
는 정서가 더 중요한 것이다. 따라서 언어에 담기는 정
서를 제대로 느껴보기 위해서라도 소통과 힐링의 시를
꼭 접해 봤으면 한다.

　시는 단 한 사람이라도 그 시를 보고 공감한다면 성

공이라고 본다. 글은 언제나 정직성을 내포하고 있다. 시인이 시를 쓸 때는 정말 심혈을 기울여 쓴다. 가장 가까운 이웃을 독자로 배려하며 쓰는 이들이 많다. 어차피 유명하지 않은 시인의 시를 읽어줄 사람은 주변에 가까운 이웃을 제외하고는 많지 않다. 그렇기 때문에 시를 쓸 때는 가장 가까운 이가 좋아하는 시를 쓰는 것이 좋다. 그러다 보면 시를 통해 가까운 이와 소통하면서, 자신도 모르게 가슴 속 응어리를 풀어나가는 힐링을 경험할 수 있다.

어느 날 설렁탕이 생각났다. 그 날도 늦은 밤이었다. 그렇게 설렁탕 집을 찾아 설렁탕을 먹다가 문득 떠오르는 생각이 있어 시로 옮겨 보았다.

설렁탕 한 그릇

가끔씩 찾는다
잠 못 드는 밤에는

약식동원(藥食同源)

약과 음식은 뿌리가 같다는

명언을 응시한다

즐겁게 먹는 자들

새벽 이른 시간에도

북적이는 사람들

말할 수 있고

즐길 수 있어서

감사한 설렁탕

한 그릇

— 졸시집 '아내가 웃고 있다' 에서

아주 소소한 일상이다. 늦은 밤이자 새벽 이른 시간에 설렁탕 집에 들러 그 곳의 풍정을 담았다. 사소한 일상이지만 이 시를 통해 그 공간에 있는 사람들과 소통의 정을 느끼고 마음의 힐링을 얻었다.

분명한 독서를 원한다면 책을 읽을 때 소통하는 마음으로 읽어가라. 많은 분량의 책보다는 적은 분량의 책일지라도 처음처럼 소통으로 이끌며 읽어가야 한다.

그리고 생각이 날 때마다 글로 긁적이는 습관을 가져보라. 그것이 남들에게 인정받는 좋은 시가 되든 아니든, 당장 나 자신과 가까운 이들하고 쉽게 소통하고 힐링하는 기쁨을 얻을 수 있다.

그런 과정에서 긍정적인 피드백을 받게 되고, 점차 글쓰기에도 자신감을 갖게 되면서 일석이조의 효과를 얻을 수 있는 것이다.

행복하나요?

행복하신가요?

당신은 진정 행복하신가요?

이런 질문을 재차 받는다면 어떻게 대답할까?

한번쯤 나만의 키워드를 챙겨보자.

내가 행복에 대해 생각하고 있는 키워드는 무엇인

가?

그 키워드를 글로 써보자.

꿈과 낭만을 그리고 있는 작가는 얼마나 행복할까?
하루 종일 아이들하고 독서하다 보면 아이들의 생각을 읽을 수 있다. 초롱초롱한 눈망울에 한 아름 생각을 전하고 싶은 모습으로 가득차 있다.
글로 쓴다는 것은 자기 정리다. 인간이 기록으로 어떤 일들을 남긴다는 것은 살아있다는 것을 증명하는 길이다.

도전과 비전으로 가치를 창조하는 시대다.
읽고 생각하고 쓰는 만큼 행복이 싹튼다.

아이들이 초등학교에 입학하는 3월은 부유하다. 부유함은 설렘으로 가득하다. 새롭게 시작하는 설렘으로 가득한 열망이 부유하게 만든다.

봄이라는 계절도 부유함을 돕는다. 입학식도 곳곳에서 시작하고 농부들은 일터에서 열심히 파종을 한다.

근로자들은 공장에서 새로운 각오를 다진다. 누구나 다 열심히 산다.

하지만 이 중에 기록하지 않은 삶은 기억 저 편으로 사라져간다. 금방 잊혀져 간다.

그래서 우리는 글로 써야 한다. 최고의 가치는 글로 쓰는 삶이다.

나는 쓰기를 반복한다.

매일 시를 쓴다. 수필을 쓴다. 독서감상문을 쓴다. 간혹 동시나 소설도 쓴다.

누가 쓰라고 해서 쓰는 일이 아니라 좋아서 쓴다. 반복해서 쓴다.

그만큼 창의력이 살아남을 느낀다.

내가 성장하고 있음을 확인해 나간다.

여러 문장으로 표현하다 보면 행복이 피어오른다.

글은 내가 행복에 이르는 도구다.

아,
기형도 시인

　기형도 시인은 1960년 인천광역시 옹진군 연평도에
서 태어나 가난한 어린 시절을 보냈다. 하지만 학창 시
절의 성적은 최상위권이었다. 연세대학교에 진학을 했
다.

　시인에게 문학은 곧 인생이었다. 매일 습작은 물론
시를 배우며 <연세문학회>에서 활동했다. 하지만 그
는 29세라는 짧은 생애를 살았다. 그의 시는 짧은 생
을 담은 그의 전부였다고 볼 수 있다.

　기형도 시인의 삶은 1930년대 천재 시인 이상과 흡사한 부분이 있다. 이상도 27세라는 나이로 일찍 생을 마감했지만 짧은 생에도 불구하고 놀라운 문학세계를 선보였다. 당시에는 인정을 못 받았지만 요절시인으로 사후에 재조명되면서 문단에 빛을 발한 것은 두 시인이 꼭 닮았다.

　기형도 시인이 이상 시인의 영향을 받지 않았을까 싶다. 시에 흐르는 전반적인 분위기가 어둡다. 그렇다고 절망에 굴복하지 않는다.

　엄마 걱정

　　기형도

　열무 삼십 단을 이고
　시장에 간 우리 엄마
　안 오시네, 해는 시든지 오래
　나는 찬밥처럼 방에 담겨
　아무리 천천히 숙제를 해도

엄마 안 오시네, 배춧잎 같은 발소리 타박타박

안 들리네, 어둡고 무서워

금간 창틈으로 고요히 빗소리

빈방에 혼자 엎드려 훌쩍거리던

아주 먼 옛날

지금도 눈시울을 뜨겁게 하는

그 시절, 내 유년의 윗목

이 시는 시인이 생전에 발표하지 않은 유작이다. 현행 교육부에서 교과서에 실어 학생들에게 가르치고 있는 작품이다. 핵심어는 '엄마', '유년'이다.

기형도 문학 세계에서 유년의 기억은 대부분 엄마다. 엄마가 어디론가 사라질까 봐 늘 걱정했던 시인의 유년이다. 열무 삼십 단을 이고 시장에 가신 엄마를 기다리는 시인의 모습에서 가난한 어린 시절을 본다. '금간 창틈'이나 '찬밥처럼 방에 담겨'라는 표현을 통해 춥고 서늘한 가난의 이미지를 엿볼 수 있다. 또한 '유년의 윗목'을 통해 어릴 적 엄마를 기다리는 시인의 마음에서 아랫목을 비워두고 윗목에서 숙제를 했던 그 시절을 떠올려본다.

　기형도 시인은 시대를 읽을 줄 아는 시인이다. 시의 전개가 산문에 가까운 시들이 많다. 단상처럼 자신의 경험을 스토리로 형상화한 작품이 주를 이룬다.

　1985년에 '안개'로 등단한 그는 어둡고 가난했던 유년기 시절의 아픔을 그대로 말하듯 시로 표현했다.

　기형도 시인에게 웃음은 사치다. '위험한 가계 1969'에서는 아버지에 대한 이야기를 구체적으로 묘사했다.

　'빈집'은 외로이 빈방에 앉아 기다리는 모습을 형상화했다. '빈집'은 절망적 공간이다. 화자가 갇힌 폐쇄적 공간이다. 또한 빈집은 사랑을 잃은 화자의 공허한 마음이다.

어릴 때 동시를 보며 꿈을 키웠다. 초등학교 교과서에 등장하는 동시를 보며 외우고 외웠다. 어느 날 자연을 감상하다 풀밭에 드러누워 하늘을 보았다. 구름이 뭉실뭉실 떠 있고 파란 하늘이 미소를 머금고 있는 모습이 마치 피아노 선율에 기대어 꿈을 노래하는 소년처럼 여겨졌다.

황순원 소설의 '소나기'를 읽으며 사춘기 시절을 보내고 인생이란 무얼까 생각하던 시절이 있었다. 누구나 한 번쯤 자신을 돌아보았을 그 시절, 지금하고는 사뭇 다른 정서와 풍경들이다.

글을 접하고 쓰면서 세상이 보였다. 사람과 사람들 사이의 훈훈한 인정도 보였다. 아름다움을 노래하는 가수들의 진솔한 고백도 보았다. 글이란 온 우주를 통해 나를 발견하고 마음을 표현하는 유일한 도구이자 세상을 향한 분명한 메시지다.

난 시를 쓴다

사랑하는 이들을 위해서
난 시를 쓴다
공감하고 다가서는
축제를 위해서
난 시를 쓴다

생각하다가
감사하다가
난 시를 쓴다
깊이 있는 모습보다

공감하는 마음이 좋아서

난 시를 쓴다

좋다

대화할 수 있어서

시가 좋다

시 쓰기가 좋다

그

마음이 좋다.

           – 졸시집 '아내가 웃고 있다'에서

글은 분명한 메시지를 전달해야 좋은 글이다. 이것은 시뿐만 아니라 모든 글이 다 그렇다.

우리는 살아 온 이야기를 글로 표출한다. 자신의 경험과 느낌을 표현한다. 시를 쓸 때는 누구나 시인의 마음으로 글을 쓴다. 감성, 사랑, 경험, 표현 등등…

눈이 내렸다. 하얗게 내린 눈이 어쩌면 우리들에게 깊은 선율을 선사하고 있는지 모른다. 눈을 뜨면 다가

오는 소식들에 대한 위로의 선물인지도 모른다.

　독서를 하다 보면 독서가 나에게 주는 의미를 생각해 보는 시간들이 있다. 이것을 '자기정리'라고 한다. 단순하게 책을 읽어 가는 모습이 아니라, 분명한 느낌과 더불어 교훈들을 정리해 두는 것이다.

　뉴턴이 만유인력을 과학적으로 증명하기까지는 부단한 자기 노력과 실험이 있었다. 사과나무 아래서 물음표를 던지며 과학의 원리를 반복하고 연구하고 관찰하는 시간들을 보냈다.

　시와 더불어 사는 세상은 정말 살 만한 세상이다.

　처음보는 사람들도 다가와 손잡고 인사 나눌 정이 있다. 무엇인가 말하고 속삭이고 배려하는 마음도 있다.

　시는 따뜻한 다리다. 사랑과 우정으로 인간관계를 지속시켜 준다.

나를 바꾸는 힘

천리 길도 한 걸음부터

처음을 끝까지

유지하는 마음으로

잘하려 애쓰기보다

처음 마음가짐

그대로

끝까지 꾸준히

똑똑

낙수가

바위를 뚫듯

꾸준히 오로지

꾸준히

  − 졸시집 '아내가 웃고 있다'에서

나를 바꾸는 힘은 어디서 나올까?

무엇이든지 포기하지 않고 도전하는 데서 나온다.

하지만 어떤 일을 꾸준하게 해 나가기란 쉽지 않다.

오죽하면 '작심삼일'이라는 말이 있겠는가? 사람들은

시작은 잘하지만 삼일을 넘기지 못하는 경우가 많다.

실천하는데 어설픈 모습이다.

세종대왕처럼 매일 하루 일과표를 정해 준비하면서

살아가기란 그리 쉽지 않다. 백성을 사랑하고 어진 임금이 되고자 했던 세종대왕은 남보다 두세 배나 넘는 자기 노력의 시간을 보냈다.

꾸준하게 어떤 일을 진행하다 보면 낙수가 바위를 뚫듯 계획한 일들이 성취되어 간다. 행복도 마찬가지다. 내가 '행복하다'라고 하면 언젠가는 행복이 봄처럼 다가온다. 끈질기게 오래 유지하는 긍정적인 마인드가 필요하다.

독서도 마찬가지다. 꾸준히 즐기는 마음으로 오래 할 수 있어야 한다. 그러기 위해서는 의무감보다는 기쁨으로 독서를 해나가야 한다.

삶의 물결

당신은 그저 삶의 물결에
휩쓸려만 가고 있는 것은 아닌지

길이 나 있는 대로만

삶이라는 물결은
스스로 헤엄쳐갈 수도 있어야 하는 것을
없던 길도 만들며 가야 하는 것을
       – 이정하 시집 '다시 사랑이 온다' 에서

꿈을 가졌으면 시인의 말처럼 스스로 헤엄쳐 가야
한다. 없던 길도 만들며 나아가는 자세가 필요하다. 그
러기 위해서는 깊이 사고하는 습관이 필요하다.

지금 아이들은 깊은 사고를 필요로 하는 독서보다
단순한 게임이나 활동을 선호한다. 스스로 하기보다
시켜야 겨우 하는 아이들이 많다. 뉴스나 신문을 보기
보다는 오락과 흥미 위주의 드라마에 심취해 있다.

지금은 이정하 시인의 시처럼 '삶의 물결'을 바로
잡아야 한다. 휩쓸려간 이야기가 아닌 새롭게 써 내려
가는 사람이 되어야 한다.

글
쓰
기

단
상

　책을 읽다가 필요한 글을 보면 밑줄을 그어 표시해 두고 기억한다. 일상에서 배우는 것들을 가볍게 여기지 않고 소중한 자산으로 받아들인다.

　시를 쓰다가 밤을 지새운 적이 많다. 글을 쓰다가 감동해서 시간을 잊어버리고 멍하니 들여다볼 때도 있다.

　나만의 공간에서 나를 알아가는 시간이 절대적으로 필요하다.

하늘이 맑은 이유는 고운 심성으로 살라고 내린 축복이다.

가을 햇살이 눈부시게 좋다.

아침에 산책을 하니 새소리, 물소리, 청아한 풀벌레 소리가 운치를 자아낸다. 모두 나를 반겨주는 행복한 울림들이다.

매일 사색하고 글을 쓰기 위해 자연을 감상한다. 사람을 만나면 인정과 사랑으로 대하고 싶다. 나눔과 배려도 생각해보고 아름다운 멜로디를 따라 부르다가 감동에 젖어 눈시울을 붉히기도 한다.

독서로 아이들과 함께 하다 보면 다양한 사고방식이 보인다. 서서히 다가가 관찰하는 사고가 있는가 하면, 즉시 관찰하고 싶은 사고도 있다.

내가 자주 찾는 설봉산에는 따뜻한 울림이 있다.

아름다운 설봉호수를 배경으로 걷다보면 마음이 시원해진다. 호숫가에 피어오르는 물안개도 보고 물고기들이 소곤대는 노래도 들을 수 있다. 삼삼오오 모여서 걷는 사람들, 거친 숨소리가 들린다.

설봉산에서 풍겨 나오는 나무들의 숨소리가 향기처럼 가슴을 시원케 한다. 설봉산은 설경도 좋고, 제철에 피는 꽃들도 기쁘게 한다.

글을 쓰다가 힘들면 설봉공원을 찾는다. 설봉산 자락의 설봉호수를 걸으며 구상한다. 자연 속에서 지난 기억들을 다 잊고 새롭고 창조된 기억들을 꺼내어본다.

글은 인생을 다시 돌아보는 소중한 언어다.
기쁨으로 매일을 기대하고 산다.
글은 행복을 준다.
글을 통해 행복하다는 말은 나 자신이 성장하고 있다는 증거다.
좋은 글로 사람들에게 필요한 사람으로 남고 싶다.

선생님의 밥그릇

별빛이 곱다.

아스라이 보이는 별들의 반짝임조차도 설렘을 가져
온다.

어릴 적 캄캄한 밤길을 걸으며 별빛에 의지한 채 걸
었던 기억이 생생하다. 아무도 찾지 않고 혼자서 집으
로 가는 길에는 마치 별똥별이 소리치듯 고개를 흔든
다.

아름다운 별하늘을 보며 동심을 키웠다.

미디어 매체가 없던 시절이다.

가을에는 귀뚜라미 소리에 서글퍼진 적도 있다. 어찌나 처량하게 들리는지 잠을 이루기도 힘들었다.

세월이 흘러 돌아보니 그 시절이 좋았다 싶다. 미디어 매체가 홍수처럼 범람한 지금과는 사뭇 다른 풍경이다.

그 시절은 낭만이 넘쳤다. 배고픈 시절이지만 순수함이 빛을 발하고 있었다.

현대소설은 작가마다 개성과 흐름이 다 다르다. 글의 소재도 다양하고 선택하는 장르도 다양하다. 고전소설이 권선징악과 해피엔딩의 분명한 구조를 지니고 있는 것에 비해 현대소설은 등장인물의 섬세한 심리묘사와 치밀한 배경 묘사가 돋보이는 작품들이 많다.

전라남도 장흥이 고향인 이청준 작가는 서울대 독문과를 졸업하고 소설가로 <별을 기르는 아이>, <나들이 하는 그림>, <당신들의 천국>, <눈길> 등과 영화로 제작된 <서편제>, <축제> 등을 발표했다. 동심을 소설 속에 담은 뛰어난 문장력을 지닌 우리 시대의 대표적인 소설가다.

중학교 교과서에 그의 작품인 <선생님의 밥그릇>이 실려 있다. 자연에서 꿈을 그리던 시절, 가난해서 도시락도 못 싸 다니던 시절이다. 그 시절 작가가 교사로 있던 37년 전 지방 소도시 풍경은 떠올리며 작품을 감상해 보자.

문상훈은 가난해서 학교에 도시락을 싸오지 못 한다. 학교에서 도시락 검사를 하는데 여기에 걸리지 않기 위해 빈 도시락을 들고 다닌다. 담임인 노진 선생님은 근엄하다. 늘 도시락 검사를 한다. 상훈이가 빈 도시락을 들고 다닌다는 사실을 안 선생님은 자신이 싸온 도시락의 절반을 상훈이 모르게 빈 도시락에 덜어 놓는다. 반 친구들도 그 사실을 아는 사람은 아무도 없다.

37년 후. 동창들이 노진 선생님을 저녁식사 자리로 모셨다. 시골 소도시 풍경을 짐작할 수 있다. 이제 중년이 다 된 동창들이 모신 회식 자리에서 여전히 노진 선생님은 자신의 밥의 절반을 덜어 놓는다. 습관이 된

모양이다. 긴 세월 동안 그 습관을 유지하고 있는 것이다. 자리에 모인 제자들은 궁금해서 선생님께 여쭈어 본다.

"선생님, 도시락을 덜어 내신 이유가 있나요?"
친구들은 그때서야 상훈이를 기억한다.

남의 이야기가 아닌 바로 우리의 이야기다.
가난한 시절을 잘 묘사한 단편소설 <선생님의 밥그릇>이 찡한 여운을 주는 이유다.

이청준 작가는 동심을 지녔다. 문장이나 단어를 쉽게 썼다.
<선생님의 밥그릇>의 노진 선생님은 작가 이청준의 교사 시절을 떠올리게 한다. 세상을 바라보는 참 스승의 밝은 시선이 아름답게 그려져 있다.

어두운 밤길을 혼자서 가면 외롭다.
하지만 나 말고 다른 이도 함께 걸어 가고 있다면 외롭지 않다.

옥
상
의

민
들
레
꽃

어느 날 할머니가 자살을 한다. 자식들로부터 물질
적으로는 풍족하게 봉양을 받지만, 정신적으로 아무
위안도 받지 못했기 때문이다. 할머니는 자식들로부터
진정한 애정과 사랑을 받지 못하자 화려하고 세련된
'궁전 아파트' 7층에서 뛰어 내렸다. 그런데 사람들은
할머니의 죽음의 원인에 대해서는 아무런 관심이 없
다. 아파트 주민들이 대책회의를 하지만 할머니의 죽
음을 애도하고 개선책을 찾기 위한 것이 아니라, 자살

사건으로 아파트값이 폭락할 것을 걱정하여 사건을 비밀로 붙이기로 한 것이다.

박완서의 단편소설 <옥상의 민들레꽃>은 가족의 사랑에 대해 생각해 보게 한다.

할머니가 원한 진정한 행복은 무엇인가?

화려한 아파트에 갇혀 살아가는 모습이 아니라 가족들과 소통하고 대화하는 삶이었다.

그런데 우리의 환경은 어떠한가?

소설 속의 이야기는 결코 남의 이야기가 아니다.

지금의 아이들은 어느 아파트에 사느냐를 따지며 편을 가르기도 한다고 한다.

참으로 가슴 아픈 현실이다.

음악가와 독서

자연 속에서 노래하는 세상은 아름답다.

새들의 지저귐 소리를 들어보라. 얼마나 아름다운가?

자연을 노래하는 소리를 예술로 표현한 것이 음악이다.

음악은 우리의 삶에 쉼을 준다. 고단한 마음을 치료해주고 희망을 열어 준다. 음악 소리에 맞추어 춤을 추는 인간의 내면은 즐거움으로 가득 차 있다.

가야금을 만든 우륵은 어려서부터 음악을 좋아했다. 노래와 춤뿐 아니라, 악기를 다루는 재주도 뛰어났다. 우륵은 오랜 경험을 바탕으로 악기 개발 연구 끝에 기다란 울림통 위에 12줄을 매고 줄마다 기러기발로 받친 가야금을 만들었다. 가야의 12줄은 일 년 열두 달을 상징하며, 12곡의 가야금의 연주곡도 함께 만들어졌다고 전한다.

피아노의 시인인 쇼팽은 어떤가? 가곡에는 슈베르트, 교향곡에는 베토벤, 실내악곡에 하이든이 있다면, 피아노에는 단연 쇼팽을 꼽는다. 쇼팽의 음악은 고요하고 은은하며 환상적이다. 폴란드 태생인 쇼팽은 조국에 대한 사랑이 컸다. 민족정신이 강했고 개성적이며 감정을 잘 살린 아름다운 피아노곡을 많이 남겼다. 쇼팽은 피아노를 통해 시를 엮어내는 것은 물론 피아노 자체를 음악으로 승화시킨 사람이다.

오페라의 대가 베르디는 문학적 소재를 음악에 이용한 '맥베스', '루이자 밀러' 등의 작품은 음악의 새로운

경지를 개척했다. '돈 카를로스', '아이다', '오셀로' 등
에서는 인간 본래의 모습들이 잘 표현되어 있다. 베르
디의 음악은 그의 풍부한 독서를 바탕으로 이뤄졌다.

대한민국의 천재 바이올리니스트 장영주는 미국의
유명한 언론 <뉴스 위크>지에 소개되었다. '20세기
를 빛낸 최고의 천재 10인'이라는 타이틀 아래 피카
소, 아인슈타인 등과 함께 14세 소녀 장영주의 이름이
당당히 실린 것이다.

세계인들을 깜짝 놀라게 한 그는 천재다. 음악의 천
재다. 재능의 천재다. 아홉 살 때 발표한 첫 음반 <데
뷔>는 대단한 인기를 모으며 '빌보드 차트 클래식 부
문'에서 1위를 차지했다.

음악가들이 풍부한 상상력을 발휘하는 데는 독서가
기반이 되어 있다. 독서로 상상력을 키우고, 그 상상력
을 바탕으로 무한한 음악의 세계를 펼쳐나가는 것이
다.

　　독서를 하다보면 흥미도 생기지만, 때로는 힘들 때가 있다. 독서는 지구력을 필요로 하기에 반복되는 과정의 연습이다.

　　누가 시키지 않아도 나를 감동시키는 과정을 배울 수 있는 게 바로 독서다. 세상에서 가장 확실하게 나를 조명해 보고 알아보는 테스트가 바로 독서다.

　　인간은 누구나 알 권리를 지니고 있다. 인생이 앎이

란 단어를 망각하면 삶은 한 순간에 곤고하고 힘들어진다. 앎의 시작인 독서를 게을리 하면 우리들의 삶도 그만큼 더딜 수밖에 없다.

고대 철학자들은 모든 이론의 기초가 독서라고 힘주어 말한다. 소크라테스도 아리스토텔레스와 플라톤도 그랬다.

독서의 힘!

독서는 나를 알게 한다.

나는 글을 쓰면서 다양한 경험을 한다.

비유와 상징인 시를 보며, 함축어로 표현한 수많은 시들을 통해 시인들의 모습을 그려본다.

수필로 하루를 돌아본다. 수필을 쓰며 매 순간 재미있는 요소와 기억하고픈 일들을 표현해 간다면 소박한 우리들의 꿈은 이루워지는 것이다.

독서를 해야 한다. 힘들어도 포기하지 않고 나만의 독서를 해야 한다. 독서를 통해 인격을 만들어 갈 때 자아실현도 이뤄지는 것이다.

여름이다.

무덥지만 독서를 통해 힐링을 해보자.

비가 내리고 무지개빛 하늘이 반긴다.

태양은 햇살을 내리쬐고 눈부신 여름날을 연출하고 있다.

집이나 휴가지, 사무실도 상관없다. 조용히 차 한 잔 하는 마음으로 간단한 독서를 해보자.

나만의 독서를 통해 무더위를 이겨보자.

문예백일장 단상

이천의 자랑 설봉공원은 언제나 포근하다. 쌀축제로 설봉공원이 들썩거린다. 때맞춰 이천문예백일장이 열렸다. 해맑은 표정으로 글을 쓰고자 모여든 아이들 모습에서 희망을 본다. 삼삼오오 줄지어 모여 원고지에 시제에 맞춰 시와 수필을 써내려가는 아이들이 마냥 좋다.

초등학생 삼총사 아이들이 기억난다. 친구들과 손잡

고 행사장에 찾아와 백일장에 참가한 고마운 친구들이다. 시제를 보며 서로 묻고 쓰는 아이들 모습에 격려를 보낸다.

풍성한 가을에 아이들이 찾은 백일장은 축제다. 엄마손 잡고 고사리 손으로 글을 쓰는 아이들부터 학교 선생님과 단체로 참가해 조용히 글을 써 내려가는 학생들에게 박수를 보낸다. 백일장에서 순수하게 시제를 음미하며 시를 써 내려가는 모습에서 미래의 희망을 본다.

문예백일장에서 만난 아이들을 보며 어린 시절을 떠올려 본다.

나는 글쓰기를 배우고 싶어 문화재 행사를 기다렸다. 교내백일장은 물론 교외백일장에 나가서 순수하게 글을 썼던 그 시절이 그립다.

글은 생명력이다.

나는 글이 좋다. 글이 없다면 나는 곤고한 사람이 되

었을 것이다. 글을 쓰고 다듬으며 희망을 보고 비전을 품었다. 자연을 그리고 사색도 하고 세상의 이치를 경험했다.

나에게 글은 고마운 존재다.

아이들과 함께 자연을 보며 글을 나누는 시간이 참으로 아름답다.

설봉호수를 손잡고 걸으며 이야기하는 어머니와 아이들의 모습이 보기 좋다.

설봉호수에 내리는 햇살이 풍요롭다.

하루가 짧다.

시간은 기다려 주지 않는다.

인생은 쉽게 늙어가고 자신이 하고픈 일들을 잊어버리기 쉽다.

독서는 말처럼 쉽지 않다. 어려서부터 습관화 되어 배우고 즐기는 독서가 되어야 한다. 세상을 이해하는 길은 혼자서 가는 게 아니라 더불어 가는 길이어야 한다. 이왕 하는 독서라면 함께 하는 독서가 좋다.

아울러 인생의 비전을 찾기 위해서는 크게 세 가지를 가슴에 새겨보자.

첫째, 독서로 만난 인물과 역사를 가슴에 새기자.

현대 사회는 급격하게 문화가 발달해서 혼란스럽다. 해결방안에 앞서 쏟아져 나오는 각종 이슈들을 감당하기조차 어렵다.

이런 때 독서를 통해 옛 인물들이 살았던 역사를 배우고 익히는 것은 매우 소중한 일이다. 시대별로 인물들을 정리하자. 선현들의 지혜를 배우고 새롭게 미래를 대비하는 능력을 키운다. 독서로 만난 역사를 이해하고 가슴에 새기면 미래의 비전을 확실히 챙길 수 있다. 급변하는 현실에서 자신의 확고한 위치를 새기면서 어떤 상황에서도 처음에 새겼던 비전을 놓치지 않을 수 있다.

둘째, 봉사활동을 통해 자아를 실현해 나가자. 우리는 누구나 남의 도움을 받고 살아간다. 물질이 아니더라도 정신적인 도움은 반드시 받고 살아간다. 그래서 봉사활동이 필요하다. 봉사는 자기를 발견하는 지름길이다. 봉사는 타인의 삶을 이해하고 그들의 모습을 통해 배우는 지름길이다. 봉사는 내 인생의 훌륭한 교육 현장이다. 수시로 봉사활동을 하면서 자아를 실현해 나가자.

셋째, 소질을 개발하는 체험활동에 힘쓰자.

체험활동은 강조하는 부분이다. 직접 현장에서 보고 느끼면 '나도 할 수 있어'라는 자신감을 키울 수 있다. 체험활동은 나의 소질을 찾을 수 있는 기회를 제공한다. 각종 체험활동을 하다 보면 자신도 모르는 소질을 찾을 수 있고, 그 소질을 더욱 개발해 나갈 수 있다.

기회는 누구에게나 온다.

하지만 기회는 언제나 준비한 사람이 꿰찬다.

준비하지 않은 이는 아무리 좋은 기회가 와도 그것이 기회인지도 알아 차리지 못하는 경우가 많다.

지금 내 앞에 무수한 기회가 스쳐 지나고 있는지 모

른다.

　내 곁을 스쳐가는 기회를 꿰차기 위해서라도 우리는
수시로 준비해 나가야 한다.

　미래 비전을 세워 독서로 끊임없이 자기계발을 해가
며 그 비전을 이루는 길로 들어서야 한다.

비가 내리는 날에는 커피 한잔을 떠올린다.

눈이 내리는 날이면 상상의 나래를 펼치느라 신이 난다.

겨울을 준비하고 소소한 일상에서 행복을 느낄 때, 웃음으로 반기는 친구가 있다면 얼마나 즐거울까?

세상은 웃는 만큼 보인다.

긍정으로 다가서면 긍정인이 되고 부정으로 다가서면 부정인이 된다.

독서는 웃음이다.

웃는 만큼 세상이 보이듯 독서한 만큼 세상이 보인다.

독서는 정서적으로 안정을 주기도 하고 부부간의 관계를 이어주며 어려운 일들을 해결하는 열쇠가 되기도 한다.

독서를 통하여 세상을 크게 보는 지혜를 얻는다.

아브라함 링컨은 어려서부터 불우한 환경을 독서로 해결했다. 독서는 그의 친구였고 독서는 그의 나침판이었다. 신앙의 뒷받침도 독서였다. 그는 성경을 읽으며 심신을 달래고 위로를 받았다.

독서는 웃음의 밑천이다.

개그맨 유재석은 독서를 즐긴다. 풍부한 소재와 아이디어는 그의 독서력에서 나온다. 고운 심성과 리더십 또한 독서바탕에서 이루어졌다. 재치있는 사회와 개그로 국민적인 사랑과 진행을 이끌어 가는 것은 독서를 통한 밑바탕이 튼실하기 때문이다. 어떤 모임이

든 주인이 되어 이끄는 리더는 보이지 않는 자기 노력
으로 엄청난 독서를 하고 있다.

매일 일정한 독서로 준비하는 사람들이 있다.

온라인과 오프라인을 통해 신간 도서를 검색하고 더
불어 직접 도서관을 찾아다니며 책을 선택하는 사람들
이 늘고 있다.

미래는 웃음이다.

독서를 통해 밝게 웃고 있다면 미래는 밝다.

습관은 작은 것이라도 무섭다.

그만큼 독서는 작은 것이라도 습관을 들이는 것이
중요하다.

미래는 밝다. 이제부터 웃는 독서에 빠져보자.

나를 발견하는 가장 좋은 지름길은 독서다.

웃으며 즐겁게 독서하는 습관을 들여 보자.

베스트셀러 <언어의 온도>(이기주, 말글터)를 보면
'참, 쉽게 글을 이어간다'는 생각이 들게 한다. 저자는
일상의 스토리를 쉽게 풀어나간다. 누구나 공감하는
내용을 소개한 부분은 신선하다.

"말과 글에는 나름의 따뜻함과 차가움이 있다."

유독 들어오는 글귀다.

경비 아저씨가 수첩을 쓰는 이유라는 파트에 이런 구절이 있다.

"하루를 내 인생에서 가장 젊은 날로 받아 들이기로 하자. 그리고 다른 건 다 잊어도 아내 생일과 결혼기념일 같은 소중한 것은 잊지 않으려 하네."

말과 글에는 따뜻함이 필요하다.
행복은 따뜻함이라는 생각을 한다.
남을 나보다 귀하게 여기는 마음과 주변을 따뜻하게 해주는 말을 생각해 본다.

독서는 즐거움을 준다. 독서와 친하면 하루에 10분이라도 스스로를 돌아보는 시간을 갖게 된다. 학생들도 도서관이나 서점에서 자신을 개발하고, 좋은 습관을 익히기 위해 독서를 접해보는 것이 좋다.
독서에는 따뜻함이 담겨있다.

행복은 진실을 찾는데 있다. 간절히 바라는 대상을

향해 나가는 것이다. 사람들에게 무언가 따뜻함을 전달하는 것은 기본이다.

처음부터 완전한 것을 이루지 못해도 하나씩 차근차근 만들어 나가는 것이 행복의 밑천이다.

행복은 결코 나 혼자 독점할 수 없다. 대부분 행복한 사람들을 보면 어떻게 해서든지 주변 사람들에게 선한 영향을 미치는 것을 보면 행복은 독점이 아니라 나눌 때 더욱 빛을 발한다.

언어의 온도처럼 우리네 삶도 따뜻한 독서로 채울 필요가 있다.

시간은 흐르고 세월은 변한다.

변하지 않고 자리잡고 있는 꿈은 무엇인가?

그것을 기대하며 이루고자 하는 것이 소망이고, 그 소망을 이뤄가는 과정이 행복에 이르는 길이다.

행복은 소망을 타고 다가온다.

소망을 이루기 위해 작은 실천으로 미래를 열어가는 따뜻한 독서에 빠져보자.

아이들이 독서하는 모습을 보면 표정부터 다양하다. 구연동화를 들려주면 아이들의 눈동자는 빛난다. 흥미를 끄는 이야기를 들으면 최고의 찬사를 느낌으로 보여준다.

호기심은 창의력의 원천이다. 호기심은 아이들의 관찰력과 집중력을 높여주고, 스스로 사고하는 힘을 키워준다. 아이들을 호기심으로 이끌어주면 스스로 자기 역할을 찾아서 움직인다. 말하고, 질문하고, 듣고, 쓰고를 <u>스스로</u> 한다.

호기심을 충족시키면 어른스럽게 사건을 전개한다. <u>스스로</u> 독서에 대한 흥미와 자부심을 이야기한다. 새로움을 알고 그것을 실천하고자 하는 의욕을 더욱 잘 내보인다.

지금은 창의력 시대다. 우리는 일제강점기와 해방, 그리고 전쟁을 겪으며 지독한 가난을 겪었다. 근대화와 산업화를 거치며 부작용도 많았다. 경제적으론 성장했지만, 국민이 주인되는 민주주의는 시련을 겪어야 했다. 독재와 민주주의를 지키기 위한 노력이 병존하며 갈등도 많이 겪었다. 이제는 성숙한 민주의식과 창의력으로 경제부국을 이루기 위해 더욱 매진해야 한다.

창의력이 우리의 미래다.
창의력은 사물을 다양하게 보는 눈과 그것을 풍부하게 표현하는 어휘력이 뒷받침될 때 엄청난 힘을 발휘할 수 있다.

호기심으로 세상을 바라보자.
매일 독서습관을 기르자.
매일 메모와 습작으로 글쓰기를 해보자.

독서를 통해 풍부한 어휘력을 키우고, 메모와 습작을 통해 풍부한 상상의 세계를 표현해 보자. 메모와 습작은 매우 중요하다. 우리가 배운 것의 절반만 기억해도 창의력은 배가 된다. 메모와 습작은 기억력을 보조해 준다.

공감이 경쟁력

물질의 풍요 속에서 지금 우리는 행복한가?

공허함이 가득한 아우성이 여기저기서 들리는 듯하다.

물질은 사람의 마음을 채울 수 없기에 선인들은 물질보다 마음의 풍요를 중요하게 여겼다.

그렇다면 마음의 풍요를 이루기 위해 해야 할 것이 무엇인가?

독서다.

독서하며 실천할 때 비로소 우리는 마음의 풍요를 이룰 수 있다.

현대의학으로 치유하기 힘든 마음의 병들을 독서는 잘 짚고 있다. 그래서 독서치료가 생겼다. 독서치료는 마음의 병들을 치유하는 지름길이다.

나의 학창시절은 산업화와 민주화가 혼합된 시절이었다. 빈부의 갈등이 도출되었고 화합하지 못한 부와 빈곤이 난무하고 있었다.

그 시절 나는 독서로 꿈을 키웠다.

독서를 위해 매일 도서관을 들락거렸고, 만화방이나 책이 있는 쉼터를 찾아 다녔다. 시집 한 권이 읽고 싶어서 하루를 시간 내어야 할 정도로 먼 거리를 마다하지 않았다. 소설에 빠져 밤샘을 마다하지 않고 파고 들었다.

겨울엔 군고구마를 벗삼아 동치미를 곁들여 끼니를 때운 적도 있다.

그래도 꿈을 키우며 살았다.

하늘의 별들이 축복으로 다가왔다. 동심의 세계에서 소중한 청소년기를 보냈다. 물질적인 풍요는 없지만 정서적 안정은 나를 행복하게 만들어 주었다.

독서를 주제로 강의할 때면 언제나 추억을 그리며 지난 시간들에 대한 '나만의 커리큘럼'을 떠올린다. 어렸을 때 읽었던 책들과 성장하면서 읽었던 책들을 기억하면서 항상 단계별 독서의 중요성을 강조한다.

독서는 창조적인 생각을 끌어내준다. 나침반이 되어 인생을 설계하는 것을 도와준다. 굳이 애를 쓰지 않아도 독서를 하다 보면 어느 한 순간에 '문제 해결 능력'이 요술방망이처럼 나올 때가 있다.

현대 사회에서 가장 중요한 것은 '공감'이다.
공감하지 않으면 살아가기 힘든 사회다.
독서는 공감의 폭을 넓혀준다.
독서를 많이 할수록 서로 공감하고 이해하며 해결점을 찾아가는 지혜를 얻을 수 있다.

독서계획 만사형통

　새해에는 누구나 바라는 게 있다.

　새해에 사람들은 동해안을 비롯하여 이곳저곳 해돋이 구경을 떠난다. 소원을 빌어 한해를 알차게 살고 싶은 마음이다.

　내일이 소중한 것은 지금 내가 있다는 사실이다.

　바라는 소원이 다 이루어지기까지 인간은 바라고 바랄 것이다.

따라서 바라는 것을 한꺼번에 모두 이루겠다는 욕심
보다 단계적으로 이뤄가며 그 과정을 즐기는 것이 현
명한 선택이다.

독서도 단숨에 목표를 채울 수 없다. 단계 속에서 계
속 얻어갈 뿐이다. 그 속에서 얻어가는 지혜와 지식은
탁월하다.
독서가 주는 효과는 무한하다. 생각을 바꾸고, 인생
을 전환하는 효과를 준다.

우리는 누구나 자신에게 스스로 위인이다.
독서와 글쓰기를 통해 스스로 위인인 나의 모습을
챙겨가며 알찬 한해를 꾸리는 것도 의미있는 일이다.

아침에 일어나 창문을 열어본다.
새벽 공기처럼 다가온 차가운 공기가 그저 감사함으
로 다가온다.
아침 공기가 고마운 힐링으로 다가올 때 하늘은 한
장의 아름다운 도화지다.

그 도화지의 자화상을 그려본다.
스스로 위인인 나의 자화상은 어떤 모습인가?

나를 바꾸는 힘

천 리길도 한 걸음부터
처음을 끝까지
유지하는 마음으로

잘 하려 애쓰기보다
처음 마음가짐
그대로
끝까지 꾸준히

똑똑
낙수가
바위를 뚫듯

꾸준히 오로지

－ 졸시집 <아내가 웃고 있다>에서

　독서를 하지 않아도 먹고 살아가는데 아무 지장이 없다고 말하는 이들이 있다. 이런 논리라면 먹고 살기 위해 하는 일과 직접적으로 연관이 없는 취미활동은 다 하지 않아도 된다는 말인가?

　이런 논리라면 세상을 살아가는데 먹고 사는 일과 관련된 일 말고는 할 필요가 없다.

　새해에는 나를 돌아보고 분명한 계획을 세워 그것을 이뤄가기 위한 노력을 기울이는 장치를 마련해야 한다.

　그 노력의 장치로 독서를 잡아야 한다.

　일상에서 독서를 활용할 줄 알아야 한다.

　새해에 많은 계획을 세우는 것도 중요하지만, 그 핵심을 잡기 위해 먼저 독서계획부터 세워보면 어떨까?

　독서 하나만 잘 잡아도 새해 계획은 만사형통이라 믿는다.

인터넷 댓글이 새로운 사회적 문제로 부각되고 있다. 지나친 폄하나 일방적인 주장이 판을 치고 있다.

글을 통해 얻고자 하는 것은 무엇인가?

내 글을 읽은 상대의 마음을 움직이는데 있다.

하지만 일방적인 댓글문화가 만들어낸 글쓰기는 상대의 마음에 상처만 준다. 기본적으로 대화의 기본 원리마저 무시하고 있다. 상대를 배려하지 않는 자기 위주의 사고와 일방적인 생각들이 빚어낸 비극이다.　

　건전하고 밝은 사회를 이루기 위해서는 무엇보다 상대를 배려하는 문화가 이뤄져야 한다. 그러기 위해서는 배워야 한다. 그 배움의 첫 걸음으로 독서가 바탕이 되어야 한다.

　독서에는 대화의 원리가 있다. 그 대화의 원리를 잘 익히면 무분별한 댓글문화도 정화가 될 것이라 믿으며, 우리가 독서를 통해 배워야 할 대화의 원리를 점검해 본다.
　독서를 통해 체득할 수 있는 대화의 원리에는 크게 6가지가 있다.

　첫째, 공손성의 원리다. 대화는 두 사람 이상의 참여자가 자유롭게 서로의 느낌과 생각을 표현하고 이해하는 상호 교섭 활동이다. 서로를 위하는 마음이 필요하다. 이것을 공손성이라 한다. 대화할 때 상대방을 배려하고 존중하며 예절바르게 임해야 한다.

둘째, 요령의 격률이나. 상대에게 부담이 되는 표현은 최소화하고, 이익이 되는 표현을 최대화해야 한다. 상대에게 부담을 주는 행동이나 표현은 지양해야 한다. 표현하는 단어 선택도 고려해서 이어가야 한다. 어떤 제안을 할 경우에는 상대에게 선택권을 주고 양해를 구하는 요령의 격률을 활용해서 대화를 이어가야 한다.

셋째, 관용의 격률이다. 말하는 사람 입장에서 자신에게 이익이 되는 표현은 최소화하는 방법이다. 독서를 하고 자신을 살피지 않는다면 아무 의미 없는 독서로 빠지게 된다. 상대의 말을 경청하고 이해하려는 마음이 관용의 근간을 이룬다.

넷째, 찬동의 격률이다. 상대를 칭찬하는 표현을 최대화하는 방법이다. 대화를 하면서 비난한다면 그건 어리석은 일이다. 상대는 이미 내 말에 귀를 닫을 것이기 때문이다. 대화는 칭찬으로 상대의 마음을 열고 들어가야 한다.

다섯째, 겸양의 격률이다. 자신을 낮추고 상대를 높이는 표현을 쓰는 방법이다. 자신을 낮추는 겸양은 인성의 기초다. 겸손하게 상대를 바라보고 다른 이가 자신을 높일 수 있도록 기다릴 줄 알아야 한다. 행복은 나를 낮출수록 커진다. 행복은 겸양이 주는 가장 큰 자산이다.

여섯째, 동의의 격률이다. 자신의 의견과 상대방의 의견의 일치점을 최대화 시키는 방법이다. 설사 서로 의견조율이 힘들더라도 상대방을 배려하고 존중하면 의견의 일치점을 찾기 쉽다. 불필요한 질문이나 의견 제시는 지양하고 상대의 의견을 들어주는 미덕이 필요하다. 상대의 말에서 받아 들여야 할 것이 있다면 동의의 격률을 지켜 먼저 동의의 예를 표하고 내 이야기를 이어가는 습관을 들여야 한다.

인간 관계가 어렵다면 독서로 대화의 원리를 익히자. 인터넷 댓글로 상처를 받은 적이 있다면 먼저 내가 얼마나 대화의 원리를 지키고 있는지 살펴보자.

자녀와 대화에 문제가 있다면, 그 자녀를 이해하고 존중해 주는 대화의 원리를 지키고 있는지 점검해 보자. 친구 간에 불화가 있어도 마찬가지다.

대화의 원리를 끊임없이 익히고 익혀 습관이 되게 만들어 관계를 슬기롭게 풀어보자. 관계가 잘 풀리면 행복은 저절로 다가온다.

역사를 스토리텔링으로

고전은 학생들에게 매우 중요한 지침서다. 대학에서 고전을 중요하게 여기는 이유다. 따라서 어려서부터 고전을 접하는 것은 매우 중요한 일이다.

고전을 알면 세상도 보인다. 선인들의 발자취가 고전에 들어 있다. 대학에서 요구하는 고전은 우리 학생들이 자발적으로 독서하지 않으면 듣고 배울 수 없다.

고전을 제대로 이해하고 받아들이려면 어떻게 해야 할까?

고전을 이해하려면 무엇보다 책을 가까이 하는 마음가짐이 필요하다. 고전이 어렵다고 느껴지는 학생이라면 고전 이해하기를 흥미있는 요소로 바꾸기 위해서 고전에 대한 인식과 독서습관을 먼저 바꿔야 한다. 고전은 어려운 게 아니라 우리 주변 이야기라는 관점으로 어려서부터 재미있게 접근하는 습관을 들여야 한다. 그러면 고전에 대한 두려움은 사라지고 제대로 이해할 수 있는 길로 들어설 수 있다.

우리나라 고전소설의 특징은 거의 다 권선징악을 주제로 한다.

착한 일은 권하고 악한 일은 징벌한다는 주제를 담고 있다. 그래서 고전소설은 대부분 해피엔딩을 이룬다. 낭송하기 편리한 낭송체와 운문체로 구성되어 있다. 과장된 이야기로 비현실적인 내용이 많다. 가장 아쉬운 것은 지은이를 정확하게 알 수 없는 게 많다는 것이다.

우리의 고전은 사회를 풍자하고 고발한 세태소설이 많다. 동물을 주인공으로 내세운 우화소설이 많다. 영웅을 모티브로 한 영웅 소설도 많다. 실존 인물을 주인공으로 다룬 경우도 많다. 춘향전, 홍길동전, 박씨전, 심청전, 운영전, 구운몽 등이 이를 보여준다.

고전소설을 제대로 이해하기 위해서는 독서정리가 필요하다. 일기로 하루를 정리하는 것처럼 독서정리를 하는 것이 좋다. 고전문학에 대한 기본적인 이해와 기록이 필요한 것이다.

문학 감상 기록장은 이렇게 구성해서 정리하면 좋다.

1) 제목이나 작가에 대한 소개

2) 고전소설 작품에 대한 줄거리 소개

3) 작품 속 인상적인 대목 소개하기

4) 나에게 주는 의미

5) 관련 작품 소개하기

6) 작품을 읽고 친구들과 토론한 내용

7) 이해할 수 없는 부분

8) 하고 싶은 이야기 기록

9) 다음 계획 정하기

10) 고전 작품 주제 세우기

전래동화와 구연동화

올바른 독서습관을 들이기 위해서는 책을 맛깔스럽게 읽는 것이 좋다. 아이들은 자라면서 호기심이 발동하고, 정서적으로 안정을 취하면서 지적 수준이 몰라보게 향상된다. 아이들이 어렸을 때 접하는 음성언어는 풍부한 상상력을 키워주는 밑거름이다. 옛날에는 할머니들이 전해오는 이야기 보따리를 손주들에게 음성언어로 맛깔스럽게 풀어서 들려주었다.

전래동화 뿌리는 크게 3가지로 나누어진다.

신화 : 신성시 되는 이야기. 민족이나 나라의 시조와 같은 영웅의 이야기로 민족이나 나라의 특징을 파악할 수 있다.

전설 : 특정 장소, 시대, 인물에 대한 이야기. 특정 지역에 있는 구체적인 상징물에 얽힌 이야기로 신빙성을 준다.

민담 : 일상의 흥미와 교훈을 이야기. 비슷한 이야기들이 세계적으로 골고루 분포해 있다.

전래동화는 가치는 크게 세 가지의 특징을 지닌다.

첫째, 언어적 가치다. 다양한 언어 경험을 통해 고어나 관용어를 접할 수 있다.

둘째, 정서적 가치다. 아이들의 풍부한 상상력을 바탕으로 전래동화 속에 담겨 있는 공동체 의식의 가치관을 확립한다.

셋째, 문화적 가치다. 전래동화 속에는 역사적 배경

과 미풍양속이 깃들어 있다.

　전래동화는 원래 구연동화로 이뤄져 있다. 구비문학으로 할머니나 어머니의 입을 통해 전해져 내려오던 이야기다. 따라서 전래동화는 원래의 맛을 살려 어린이들에게 자연스럽게 구연동화로 들려주는 것이 좋다. 단순히 이야기에 담겨 있는 줄거리만 주고 받는 것이 아니라 자연스럽게 소통하는 자리를 넓혀갈 수 있기 때문이다.

　구연동화를 통해 공감하고 소통하면 친밀도도 높아질 뿐 아니라 독서에 흥미를 배가시킬 수 있다. 전래동화의 묘미를 시대에 맞게 풀어가는 지혜도 얻을 수 있다.

  우리나라는 아주 급속도로 발전했다. 그래서인지 정서적인 면에서는 몹시 메말라 있다. 국가에 대한 만족도 또한 현저하게 둔화되어 있다. 문제는 기존 기성세대보다는 자라나는 청소년들의 국가관이 갈수록 추락하고 있다는 것이다. 청소년들과 내 자녀들이 생각하는 대한민국이라는 국가와 그에 따른 역사관은 거의 무관심 수준이다. 개성만을 중시하고 타인에 대한 배려나 기대심이 사라지고 있다. 이러한 현상의 근본적인 문제는 청소년들이 역사의식을 잊고 살아가기 때문이다.

역사는 그 나라의 미래요 척도이다. 교육부에서 고등학교 한국사를 수능 필수 과목으로 지정했다. 정부에서 이렇게 한국사에 대해 학생들에게 초강수를 두는 것은 무엇이겠는가? 그것은 학생들의 역사인식을 바로 세우기 위함이다. 국가는 올바른 역사관이 무엇보다도 중요하다고 봤다. 따라서 집에서도 내 아이가 나라를 사랑하고 부모를 귀히 여기는 마음을 심어 줄 수 있어야 한다.

율곡 이이는 <격몽요결>을 통해 자신을 바로잡고자 했다. 후학들에게 학문의 길이 무엇인지 보여 주고자 했다. 청백리라는 칭호를 얻은 황희 정승은 늘 자신을 돌아보고 나라를 생각하는 자세로 영의정이라는 최고의 벼슬에 있으면서도 부패하지 않았다. 오히려 초가집에서 살며 가난하고 소외된 이웃과 함께 했다. 한국의 슈바이처라 불리는 장기려 박사는 평생 옥탑방에서 쪼그리고 살면서 소외된 이웃들을 도왔다. 자신의 월급을 그들에게 주고 본인은 웃으며 감사하며 살았던 이 시대의 위인이다. 사랑으로 소외된 환자들을 위해 살았던 장기려 박사는 신앙인이기 전에 국가관과 역사의식이 투철했던 인물이다.

누구든 역사는 배워야 한다. 한국사를 배우고 올바른 가치관을 세워서 자랑스런 대한민국을 만들어 가야 한다. 교육부가 한국사를 중요시 하는 이유도 올바른 학생들의 인격과 정서를 역사의식으로 이끌어 보겠다는 의도를 담고 있다. 조상들의 슬기와 지혜가 다 역사다. 근본 뿌리를 알지 못하면 인간은 자연히 도태되고 만다.

세계의 어느 나라도 역사를 바로 세우지 못하고, 지키지 못하고 잘 사는 나라는 없다. 대부분 가난하게 지금도 살아가고 있다. 우리도 바뀌어야 한다. 우리 가정도 달라져야 한다. 우리 학교도 역사의식을 생명으로 여겨야 한다.

자랑스런 대한민국을 바로 세우기 위해 우리는 역사를 배워 역사의식을 길러야 한다. 피상적인 생각과 배움이 아니라 진정 국민으로서 나라사랑을 갖도록 역사의식을 갖춰야 한다. 이제 독서를 통한 한국사를 보고 배우며 아이에게 역사의식을 키워줘야 한다.

역사를 스토리텔링으로

역사를 스토리텔링으로 풀어주며 재미있게 강의하는 설민석 강사가 있다. 그는 역사를 기존의 주입식 교육이 아니라 재미있는 이야기로 풀어주며, 스토리텔링 기법으로 많은 이들이 역사를 쉽게 배울 수 있도록 이끌어 준다.

역사를 스토리텔링으로 가르친다?

매우 중요한 일이다. 아이들이 우리 역사에 관심을

갖게 하고, 재미있게 이끌어주는 힘이 여기에 있기 때문이다.

스토리텔링에는 물론 풍부한 지식이 뒷받침해야 한다. 많은 책을 읽어야 한다. 역사 전집이나 한국사 이해를 위한 출판사물을 읽어 주는 것도 좋다.

한국슈타이너 회사의 한국사도 추천해 본다. 한국사를 쉽게 이해할 수 있도록 만화로 구성해서 학생들에게 인기가 있다. 사료에 대한 자료와 글로 구성된 사진 등이 수록되어 있다.

나도 이 책을 교재로 선호한다. 아이들의 눈높이에 맞춰 초등 저학년부터 고3에 이르기까지 다양하게 활용되는 교재다.

역사도 창의력 시대다. 학생들과 함께 역사 논술을 진행하다 보면 아이들의 독창성에 감탄을 할 때가 많다. 질문을 하는 것을 보면 책에 담겨 있는 시대상은 물론이고, 타임머신을 타고 조선시대나 고려시대를 여행하는 형식으로 상상력을 발휘하는 경우도 있다.

한국사는 초등 1학년부터 즐겁게 독서로 배우기에 누구나 부담감이 없다. 역사뼈대알기로 쉽게 보여준다. 왕들의 업적을 기억하기 쉽게 도표로 그려준다. 단순 암기식이 아니다. 반복학습으로 스토리텔링을 섞은 선생님과 이야기의 장이다. 구연동화처럼 이야기로 엮어 들려주면 아이들은 흥미를 느끼며 쉽게 빠져들곤 한다.

역사는 암기과목이라 시험을 앞둔 고학년이 되어 배워야 한다는 잘못된 선입견 때문에 아이들이 한국사 배우는 시기를 놓치는 경우가 많다. 역사를 단순 암기과목으로 접근하다 보면 암기력이 딸리는 아이들은 포기하는 경우도 있다.

한국사는 7세 이후면 누구나 이해하고 쉽게 배울 수 있다. 역사는 암기과목이 아니라 스토리텔링으로 큰 틀을 이해하며 배우면 더 쉽게 잡을 수 있는 과목이라는 것을 알아야 한다. 미리 준비해서 내 아이가 암기력을 탓하며 역사과목을 포기하는 일이 없도록 이끌어주는 것이 좋다.

역사 드라마를 재미있게

텔레비전 채널이 늘어나면서 역사 드라마 반영이 더욱 많아졌다. 현실과 비슷한 스토리를 담은 역사물은 영화로도 인기가 많아 대형 역사 영화도 많이 상영이 되고 있다.

신라 화랑을 소재로 한 드라마나 고려와 조선의 왕, 그리고 위인들의 삶을 배경으로 하는 드라마와 영화가 인기를 끌고 있다.

드라마와 영화는 대중의 인기를 끌기 위해 허구적인

사실을 가미시키는 경우가 많다. 그래서 혹자 중에는 드라마와 영화가 역사를 왜곡한다고 부정적으로 보는 이들도 많다.

하지만 역사를 사실 그대로 이해하는 것도 중요하지만, 역사를 현실에 맞게 재해석하는 것도 중요하기 때문에 역사 드라마와 영화를 부정적으로만 볼 수는 없다. 그것을 통해서 현실을 좀더 좋은 쪽으로 이끌어가는 교훈을 도출해 낼 수 있기 때문이다.

문제는 역사적 사실과 허구를 구별해 내는 능력이다. 그래서 필요한 것이 배경지식이다. 아이들은 배경지식을 통해 자신이 아는 이야기가 드라마에 나오면 더 깊이 이해하고, 사실과 허구를 구별하면서 현실감각에 맞는 역사의식을 키워나갈 수 있다.

배경지식이 풍부하면 웬만한 이야기도 재미있게 보지만, 배경지식이 없으면 남들이 다 알고 웃는 장면에서도 왜 웃는지 몰라 멍한 표정을 짓기 일쑤다. 남들보다 이해의 폭이 적다 보면 자연스레 재미도 반감되고,

점차 흥미를 잃고, 그 일과 멀어지게 된다. 함께 하는 이들과 소통도 제대로 이뤄지지 않게 되는 것이다.

아이들에게 배경지식을 심어주는 것은 매우 중요하다. 인생의 큰 힘을 실어 주는 것이다.

그렇다면 아이들의 배경지식을 어떻게 풍부하게 해 줄 수 있을까?

배경지식은 경험의 다른 이름이다. 직접경험이 좋지만, 세상 모든 일을 다 직접경험하기란 불가능하다. 그래서 필요한 것이 독서를 통한 간접경험의 축적이다.

배경지식을 많이 쌓으려면 많은 책을 읽어야 한다. 책에는 수많은 사람들의 경험담과 지식이 담겨 있다. 그것을 먼저 접하고 알면 알수록 배경지식이 풍부해져 남들보다 나은 삶을 살 수 있는 것이다.

역사 드라마와 영화를 재미있게 보려면 역사에 대한 배경지식을 많이 쌓아야 한다. 역사를 직접 체험하기란 불가능하다. 풍부한 역사 독서가 답이다. 그것도 단순히 업적이나 인물의 연도를 암기하는 것이 아니라

스토리텔링으로 구체적인 사실을 쉽게 이해할 수 있는
토론식 역사 독서의 자리를 많이 만들어가야 한다.

집안에 족보가 있듯 국가에서는 역사가 있다. 사람이 태어나 한 시대를 살고 지나면 후대에 그 사람을 평가한다. 지나온 시간을 돌아보고 그 시대와 문화를 조명해보는 것은 사회와 문화를 이루는 인간만이 가지는 장점이다. 역사는 후대가 살펴야 할 사명이다.

조선은 1392년에 태조 이성계가 건국했다. 유교정치로 시작한 조선은 정도전이 재상정치를 고집하면서 임금의 권한을 약화시키려고 했다. 하지만 이에 반발한 태종은 왕권을 강화했고, 세종은 왕권과 재상의 권력을 적절히 조화시켜 백성을 사랑한 어진 임금상을 정립했다. 의정부 사서제로 왕권과 신권의 조화를 이뤘고 <훈민정음> 창제라는 큰 과업을 이뤘다.

성종 시대에 이르러 조선의 법전인 <경국대전>의 완성을 이뤘다. 성종 이후 '무오사화', '갑자사화', '기묘사화', '을사사화' 등으로 조선은 힘든 시기를 보낸다.

선조 때 임진왜란이 일어나고 이순신 장군의 활약으로 7년의 전쟁이 마무리 된다. 하지만 불과 몇 십 년 후인 인조에게 삼전도의 굴욕을 안긴 '병자호란'이 일어난다. 조선은 정말 힘든 시기를 보냈다. 병자호란으로 조선은 청나라와 군신관계를 맺고, 인질로 소현세자와 봉림대군이 청나라로 끌려갔다. 이후 청나라에서 돌아온 소현세자가 의문의 죽음을 당하고, 뒤를 이은 효종이 '북벌론'을 내세우며 자주국가의 모습을 찾으려 한다. 하지만 효종은 꿈을 이루지 못하고 세상을 떠났다.

영조는 '탕평책'을 통해 고른 인사를 등용해서 부
국강병을 이루고자 노력했다. 하지만 지독한 당파 싸
움에 휩싸여 자식을 뒤주에 가둬 죽이는 '사도세자'의
비극을 만들었다. 왕인 아버지가 뒤를 이어야 할 자식
을 그렇게 잔인하게 죽여야만 했던 사정은 무엇일까?

사도세자의 부인인 '혜경궁 홍씨'는 남편을 잃고 한
많은 인생을 살아야 했다. 다행히 아들인 정조가 있었
기에 피눈물 나는 세월을 견디어 낼 수 있었다. <한중
록>은 혜경궁 홍씨가 그렇게 탄생시킨 작품이다. <한
중록>은 사도세자를 죽음으로 몰고 간 당파싸움의 단
면을 그대로 보여준다.

혜경궁 홍씨는 환갑이 되던 해부터 일흔한 살까지
모두 네 차례에 걸쳐 <한중록>을 썼다. 여기에는 모
진 세월을 견뎌야 했던 혜경궁 홍씨의 삶이 담겨져 있
다.

<한중록>은 혹자들에 의해 '한가롭게 쓴 기록'이
라고도 불리며, '한이 담긴 기록'이라고도 불린다.

<한중록>의 제1편은 아들이 마련한 환갑 잔치를
다녀온 뒤에 넉넉한 마음으로 썼다. 어린 시절과 세자

빈으로 뽑힌 일, 정조를 낳고 환갑을 맞이하기까지 담
담하게 쓰여 있다. 그래서 '한가롭게 쓴 기록'이라는
말이 생긴 것이다.

나머지 세 편은 아들 정조가 죽은 뒤에 썼다. 어려
서 남편을 잃고 이제 아들마저 잃은 혜경궁 홍씨의 마
음은 어떠했을까? '한이 담긴 기록'이나 '피눈물로 쓴
기록'이라 불릴 만도 하다.

<한중록>은 조선 광해군 때 어느 궁녀가 쓴 <계축
일기>와 조선 숙종 때의 폐비 사건을 그린 <인현왕
후전>과 함께 대표적인 3대 궁중문학으로 불린다.

역사 독서는 시대를 돌아보게 한다.

<한중록> 한 편을 읽더라도 스토리텔링으로 엮어
조선 궁중의 전체 역사를 살펴 볼 수 있다. 하나를 알
려면 전체를 알아야 하고, 전체를 알려면 그것을 이루
는 하나하나의 연관성을 알아야 한다.

대
동
여
지
도
의

혼

독서는 '비교 능력'을 키워준다. 책을 읽으며 그 내용을 통해 자신의 삶과 비교하며 정리하는 힘을 키워준다. 이러한 독서 정리가 모아져 인생의 큰 그림을 이룬다.

대동여지도를 만든 김정호는 어려서부터 지도에 관심을 갖고, 오랜 세월 동안 여러 가지 지도를 찾아내고 비교하는 능력이 뛰어났다. 전국을 다 돌아다니지 않고도 김정호는 지도를 척척 그려냈다. 학자들은 이런 김정호를 '비교능력자'라고 한다.

<청구도>를 그릴 때마다 김정호는 세밀하고 복잡한 부분까지 묘사하기에 힘들었을 것이다. 그렇지만 그는 <청구도>에 '인구의 수와 논밭', '한양까지의 거리' 등을 상세한 설명까지 해 놓았다. 1834년에 완성된 <청구도>는 무려 15,485개나 되는 지명과 지역의 특색을 기록하고 문화까지 자세하게 소개했다.

1861년에 제작한 지도 <대동여지도>는 각각의 다른 지도를 순서대로 맞추면 커다란 지도가 되도록 만들어졌다. 이것은 김정호가 생각하는 큰 틀의 사고력을 가졌음을 보여준다.

남북이 22첩으로 되어 있고, 그것을 여덟 폭으로 접을 수 있다. 십 리마다 점을 찍어서 축척을 표시할 정도로 세밀하다. 22첩 지도를 모두 연결하면 가로가 3미터, 세로가 7미터다. 한 장의 거대한 한국 전도가 된다.

김정호는 대동여지도를 통해 세상을 완성해 나갔다. 오랜 시간 동안 공을 들여 만든 지도는 '목판'으로 제작해 인쇄물로 계속 찍어냈다. 대동여지도는 지도 제작에 필요한 도구들을 구하기 힘든 140년 전에 만들어졌음에도 불구하고 아주 정확하다고 인정받고 있다. 최근 첨단 도구로 제작한 지도와 비교할 때 가장 근접한 지도다.

아무도 그에게 지도를 만들라고 하지 않았음에도 김정호는 지도를 만들었다. 전국을 답사하고 지도의 잘못된 점들을 고쳐나갔다.

김정호는 항상 웃는 긍정적인 사고의 소유자였다고 한다. 자신이 하는 일을 긍정적으로 생각하고 즐겼기 때문에 마침내 그 뜻을 이룬 것이다.

행복은 가장 좋아하는 일을 찾아서 최선을 다하는 일에서 찾을 수 있다. 행복은 자아가 실현될 때 더욱 충족감을 느낄 수 있다.

아이들이 방학을 하면서 표정이 밝아졌다. 방학이 되면 길거리에 삼삼오오 웃고 떠드는 아이들, 친구들과 함께 영화관에 모여 수다 떠는 아이들, 게임방이나 피시방에 모여서 즐겁게 노는 아이들, 도서관이나 공연장에 모여서 가족들과 웃음꽃을 피우는 아이들 등이 있다. 학생들이 방학에 가장 하고 싶은 것은 친구들과 마음껏 뛰어 노는 일이라 한다. 방학이 아이들에게 행복한 기간이 되려면 어떻게 해야 할까?

율곡 이이와 퇴계 이황은 어려서부터 학문에 정진했다. 올바른 도를 알아 스스로 학문에 관심을 갖고 파고들었다. 독서를 게을리 하지 않고 효율적으로 시간을 보냈다. 어른이 되어서는 매일 제자들과 학문이 무엇인지, 예절과 법도가 무엇인지를 서로 토론하고 가르쳤다.

우리 아이들이 이렇게 자란다면 얼마나 좋을까? 방학을 효율적으로 활용한다면, 스스로 계획을 세우고 즐기며, 자부심과 긍지를 갖고 겨울 방학을 주체적으로 보낸다면 얼마나 좋을까?

아이들이 방학을 효율적으로 보내는 몇 가지 방법을 알아보자.

하나. 부모와 함께 체험활동을 한다. 요즘은 체험이 아이들에게 새로운 문화로 자리 잡았다. 길거리 체험은 물론 가족과 함께 떠나는 체험이 많다. 그러니 한 달에 한 번씩이라도 방학을 이용해 체험활동을 해보자. 체험은 직접 보면서 소속감을 일깨워주고 자율 본능을 일깨워 사회성을 배우게 한다.

체험활동은 치즈 만들기, 공예체험, 두부 만들기, 도자기 만들기, 민속 체험 등 다양하다. 가족들이 함께 하기에 적합하다. 화천 산천어 축제도 가볼 만하다. 가족들이 함께 낚시하며 식사를 즐길 수 있는 소중한 체험이다. 국립박물관이나 자연사박물관, 화폐박물관, 석탄박물관, 물고기박물관, 역사박물관 등은 가족들과 함께 하기에 정말 좋다.

둘. 역사 체험탐방을 한다. 아이들에게 가장 중요한 것이 역사관이다. 초등학교에서 배우는 한국사 과정을 통해 역사의 중요성을 깨닫는다. 역사는 미래의 힘이다. 부여 역사지구, 경주 역사지구, 공주 역사지구, 서울 암사동지구, 김해 역사지구, 부산 동삼동 지구, 제주 역사지구, 순천 민속마을, 안동 민속마을, 용인 한국민속촌 등 다양한 역사 체험탐방이 가능하다.

셋. 공공 도서관이나 동네 작은 도서관을 활용한다. 최근 동네 도서관들이 잘 갖춰져 있다. 아이들이 쉽게 책을 읽을 수 있다. 도서관에서는 창의적인 활동 프로그램도 운영한다. 분기마다 프로그램도 다양하여 아이들이 찾기에 적절하다. 친구들과 독서주제를 정하여 서로 나누는 체험은 효과적이다.

독서는 마음의 양식이요, 스스로에게 주는 선물이다. 행복한 내일을 독서로 준비하자. 독서로 겨울방학을 보낸다면 보람찬 내일을 꾸미는 길이다.

창의적인 독서는 책을 읽어가는 데 국한하는 게 아니라 자신의 글을 정리해야 한다. 독서는 하는데 정리하지 않는다면 고민해 봐야 한다. 글의 내용을 파악하고 자신의 솔직한 느낌과 비전을 표현할 줄 알아야 한다.

등장인물이 왜 필요한가?
책에서 무엇을 보여주려고 하는가?

독서 가운데 등장하는 사건에는 무엇이 있는가?

책을 읽고 난 후 무엇을 실천하고 싶은가?

그러면서 자연스레 창의적인 글쓰기를 습관화해야
한다.

글을 쓸 때 주의할 점은 다음과 같다.

첫째, 정확한 어휘, 어법에 맞는 문장을 써야 한다.
글을 쓰다보면 맞춤법이 제대로 되어 있지 않는 것을
볼 때가 많다. 자신의 지식을 과시하기 위해 순서와 상
관없이 어려운 한자나 고사성어를 자주 쓰는 경우도
있다. 정확한 어휘, 어법에 맞는 문장을 쓰기 위해 노
력을 기울여야 한다.

둘째, 주장하려는 주제가 뚜렷하게 부각되어야 한
다. 주제가 명료해지면 문장 구성이 쉬워진다. 가급적
한 문장에는 한 사건만 제시해야 한다. 여러 사건들이
한 문장에 들어가면 주제가 모호해지는 경우가 많다.

셋째, 글의 짜임을 배워 익혀야 한다. 처음, 중간, 끝의 3단 구성을 배우는 것이 좋다.

처음 : 글을 읽게 된 동기 (책을 접하게 된 계기)
중간 : 글의 내용 요약 (아주 짧게 제시)
끝 : 글을 읽고 난 후 느낌이나 비전제시(글을 통해 알게 된 점과 하고 싶은 소망)

독서정리도 이렇게 3단 구성으로 하다 보면 글을 쓸 때 자연스레 서론, 본론, 결론으로 체계적인 글을 쓰는 습관을 들여나갈 수 있다.

넷째, 비전을 제시하는 글쓰기가 되어야 한다. 논술(글쓰기)은 수필이 아니다. 감상문도 아니다. 신문이나 사설과도 다르다. 논술은 주제에 맞게 내용을 분석하고 써야 한다. 독서를 통해 받은 교훈들을 논리적으로 전개하는 훈련을 통해서 잡을 수 있다.

논술을 잘 하려면

어떤 일을 이루기 위해서는 차분한 목표와 계획으로 성실하게 추진하는 자세가 필요하다. 학생들과 독서 토론이나 글쓰기를 지도할 때 기본적인 부분을 체크하는 이유가 여기에 있다. 맞춤법을 배웠는지, 띄어쓰기가 되는지, 원고지 사용법은 알고 있는지, 독서력은 얼마나 지니고 있는지 등을 체크하다 보면 독서 목표와 계획을 세울 수 있다.

논술은 어떤 문제에 대해 자신의 의견이나 주장을

내세운 다음, 여러 가지 타당하고 객관적인 근거를 제시하여 다른 사람을 체계적으로 설득하는 논리적인 글쓰기다. 넓은 의미의 논술은 어떤 문제에 대해 자신의 의견을 논리적으로 서술하는 방식이고, 좁은 의미의 논술은 시험처럼 주어진 문제에 대해 자신의 의견을 논리적으로 서술하는 방식이다.

현행 대학에서 요구하는 논술은 좁은 의미의 논술이다. 주어진 주제를 파악해서 기본 골격을 갖추어 서술해 나가는 형식이다. 언어논술과 수리논술을 선택하는 학생들은 독서를 통한 주제파악하는 능력과 그 주제에 맞춰 자신의 생각을 논리적으로 전개하는 능력이 필요하다. 따라서 어려서부터 독서를 통해 자신의 글을 써 내려간다면 대학입시에서 필요로 하는 좁은 의미의 논술문 완성은 그리 어렵지 않게 할 수 있다.

논술을 잘 하려면 평소에 다음과 같은 습관을 들여야 한다.

첫째, 독서로 창의력을 키워라. 창의력은 어려서부터 다양한 독서를 통해 다양한 경험을 쌓아가며, 다양

한 사물과 자연을 접하고 사색하는 습관을 들여야 한
다. 선현들의 지혜도 배우고 등장인물들의 동선도 알
아보고 작품에 나오는 배경도 깊이 생각해 보는 것이
다. 작품에 대한 질문을 만들어 보는 시간도 필요하다.

　둘째, 질문을 잘 하라. 질문을 잘하기 위해서는 평소
에 생각하는 대화가 중요하다. 생각나는 대로 말하는
것이 아니라 내가 하는 말의 앞뒤 결과를 생각하며 말
하는 습관을 들여야 한다. 생각하며 대화하는 습관이
들면 질문을 할 때도 핵심을 짚어 꼭 필요한 질문을
할 수 있다. 독서활동에서 핵심을 짚어 질문하는 훈련
을 하는 이유도 여기에 있다.

글이란 나를 알고 정리하는 하나의 과정이다. 수없이 쓰고 정리하다 보면 어느새 새로운 나를 발견한다. 세상에 대해 불성실한 나를 완전한 나로 바꾼다. 소극적인 성격을 적극적으로 만들 때 부정적인 성격을 긍정적인 성격으로 바꾸어 준다. 힘들 때, 지칠 때, 글쓰기를 통해 힐링을 얻는다. 속마음을 전하는 친구 같은 존재가 바로 글쓰기다.

글을 글답게 쓰기 위해서는 우리는 몇 가지 순서를

알아야 한다.

첫째, 계획을 세워라. 글을 쓰는 것은 누구나 할 수 있다. 하지만 체계적으로 글을 쓰기 위해서는 일정한 계획을 세워야 한다. 무분별한 글은 주제가 없다. 목적도 결여되어 있다. 사람이 태어나 할 일을 준비하지 않는 것과 같다. 다양한 모습들을 통해 계획성으로 이끌어보아야 한다. 봄, 여름, 가을, 겨울이 있어 우리나라가 사계절이 뚜렷함을 공감하듯 글쓰기의 계획은 아주 중요하다. 잘 짜인 계획이 좋은 내용과 글감을 만들어낸다. 시작이 중요하다. 첫 단추를 잘 꿰면 자동적으로 완전한 작품이 된다.

둘째, 글의 내용을 생성하라. 글쓰기를 위해 구체적으로 착상을 하는 것이다. 무엇을 쓸 건지 미리 내용을 구상하고 그 내용물에 대한 단어들을 떠올려 본다. 주제에 맞게 중심 내용과 세부 내용을 구상해야 한다. 주제를 구체화할 수 있는 정보를 수집하고 선별해야 한다. 정보 수집 과정에서는 경험이나 연상, 대화를 통해 떠올려야 한다. 글쓰기의 과정에서 <내용 생성하기>는 중심내용과 세부내용을 선별해야 한다. 정보 선별의 목적은 정보의 출처가 분명한지, 근거가 확실한지, 주제를 뒷받침할 수 있는 정보인지 따져 적절한 정보를 공유하는데 목적이 있다.

셋째, 글쓰기 내용을 조직하라. 글쓰기의 과정은 처음, 중간, 끝의 단계를 거친다. 항목과 항목 사이의 위상이 맞도록 해야 한다. <내용 조직하기>에는 2가지 포인트가 있다.

하나는 통일성이다. 한편의 작품이 되기까지 글에서 다루는 여러 내용들이 하나의 주제와 연결 되어야 한다. 주제와 관련 없는 항목들이 나열되면 안 된다.

또 하나는 응집성이다. 문단과 문단, 문장과 문장이 유기적으로 긴밀하게 연결 되어야 한다. 하위 항목이 상위 항목을 구체화해야 한다.

넷째, 다양한 표현법으로 표현해야 한다. 사랑도 같은 말만 하면 식상하니까 다양한 방식으로 표현해야

하듯이 글쓰기도 같은 말을 쓰면 식상하니까 다양한
표현법을 통해 표현해야 한다.

표현하기는 '어휘', '문장', '표현기법', '보조자료'
순으로 이어진다. 독자의 수준을 고려하여 어휘를 선
택해야 한다. 어려운 단어를 쓰지 말아야 한다. 국어
규범에 따라 정확한 문장으로 표현해야 한다. 문장과
문장을 유기적으로 연결하여 응집성을 갖추어야 한다.
글의 목적과 문맥에 맞게 적절하고 개성적인 문체들로
표현해야 한다. 보조자료 활용은 작문의 맥락과 필요
성을 고려해서 활용해야 한다. 글을 좀 더 쉽고 재미있
게 전달하는 의미로 보조 자료들을 이용해야 한다.

다섯째, 고쳐쓰기를 해야 한다. 고쳐쓰기는 말 그대
로 최종 점검이다. 띄어쓰기는 잘 되었는지, 맞춤법은
잘 지키고 있는지, 어휘나 문맥에 잘 맞고 적절한지를
본다. 문장의 길이도 보고, 주제가 잘 드러나고 있는지
본다. 고쳐쓰기를 통해 글쓰기가 완성된다. 하나의 작
품이 탄생된다. 예쁘게 단장된 그릇처럼 '고쳐쓰기'는

작품을 예쁘게 단장하는 중요한 작업이다.

  글쓰기를 단계적으로 완성하라. 무엇인가 열심히 배
우고자 한다면 우리는 벌써 성공한 자가 되는 것이다.
  글쓰기도 그렇다. 처음에는 힘들어도 자주 반복하다
보면 글쓰기의 맛을 느낄 수 있다. 은근한 중독성이 있
다. 매일 써가는 소중한 시간들로 글쓰기에 흠뻑 빠져
볼 필요가 있다.

일상의 놀이처럼

소파 방정환 선생은 어린이를 사랑했다. 어린이는 나라의 희망이요, 기둥이라고 믿었다. 어린이가 어린이로서 역할을 다할 때, 나라는 웃음이 있고 행복이 있다. 색동회를 조직하고 전국을 누비며 어린이들을 위해 동화구연을 하셨던 방정환 선생의 어린이 사랑은 남달랐다.

어른들이 어린이들을 향해 '자식놈', '애금', '애새끼'라고 부를 때 방정환 선생은 어린이의 인권을 위해

힘썼다. 방정환 선생은 어린이는 '이야기 세상, 노래 세상, 그림 세상'에 대한 온갖 것들을 미화시킨다고 했다. 어린이의 영원한 친구이자 아버지였던 방정환 선생은 <어린이 날>을 통해 어른들에게 3가지 당부의 글을 올렸다.

하나. 어린이를 가까이 하고 자주 이야기를 나누세요.

둘. 어린이를 꾸짖기보다는 타일러 주세요.

셋. 어린이들이 모여 즐겁게 놀 만한 놀이터를 만들어 주세요.

방정환 선생의 글은 어른들에게 어린이들을 대하는 태도를 돌아보게 한다. 특히 독서교육에 있어서 더욱 그렇다. 방정환 선생의 말을 독서교육에 적용하면 다음과 같이 정리할 수 있다.

첫째, 독서로 어린이와 가까이 하면서 자주 이야기를 나누세요.

둘째, 독서하라고 꾸짖기보다 좋은 독서환경을 갖춰 주면서 독서를 잘 할 수 있도록 타일러 주세요.

셋째, 놀며 즐길 수 있는 독서 공간을 만들어 주세요.

사람은 누구나 자기 기준으로 살아간다. 길을 걷다가 바로 발 앞에 떨어진 물체도 확인 못하고 지날 때가 있다. 세상을 전체적으로 바라보지 못한다. 살아가면서 정말 놓치고 사는 것이 많다.

1822년에 뉴욕에 클레멘트 무어가 살고 있었다. 그의 '성 니콜라스 방문'이라는 시에는 산타클로스가 순록 썰매를 타고 내려온다는 표현이 있었다. 그때부터 산타클로스는 순록 썰매를 타는 할아버지가 되었다.

화가 토머스 네스트는 1863년부터 20년 동안 잡지에 성탄절 그림을 그렸다. 그는 산타클로스의 포근한 느낌을 살리려고 통통한 볼록한 배를 그려 넣었다. 하얀 수염도 더 풍성하게 그렸다. 어린이들이 좋아하는 할아버지의 포근함을 살렸다.

크리스마스가 즐겁고 풍성한 이유는 이처럼 여러 모습들을 준비해서 맞춤형 동심을 추구하고 있기 때문이다.

크리스마스는 아이들의 눈으로 봐야 축제. 어른들의 눈으로 보면 상업성이 강한 날에 불과하다. 대상을 바라보는 관점의 차이다. 순수하고 아름답게 크리스마스를 기다리고 바라보는 모습이 동심이다. 동심이 우리의 미래인 이유가 여기에 있다.

독서강의를 하며 수많은 학생들을 만난다. 학생들은 학습에 대한 고민도 있지만, 사회 현상에 대한 고민도 많다.

독서 글쓰기는 시작이 중요하다. 처음에는 간단한 습작부터 하는 것이 필요하다. 수필이나 소설보다는 단상처럼 하루 일과를 써 내려가면서 스스로를 정리해 보는 모습이 좋다.

책을 선택하면서도 '무엇을 읽을까?' 보다는 '어떤 책이 맞을까?' 에 초점을 맞춰 선택하는 것이 바람직하다.

김승욱의 현대소설 '움마이야기' 는 맞춤형으로 동심을 담았다. 외양간에서 송아지가 태어난 날, 울음 소리를 듣고 '움마'라고 이름을 붙였다. '움마'라는 어린 송아지가 어른이 되어 하루 종일 농사일에 시달리고 나중에는 소장수에게 팔려가 불고기가 된다는 슬픈 내용이다.

동심을 키우기 위해서는 연민이 필요하다. 다른 사람들에게 기쁨을 주기 위해 희생하는 마음이 필요하다. 작가는 이런 의도를 아주 적절히 살렸다.

우리는 누구나 자신이 주인이라고 생각한다. 하지만 매일 출근과 퇴근을 반복하다 보니 스스로 주인의식을 잡기가 힘들다. 그럴 때 동심의 눈으로 펼치는 독서는 참으로 재미있다.

온전한 마음으로 차근차근 동심을 꿈꾸어보자.

동심은 내일을 향한 이정표다.

부모가 아이를 데리고 상담을 하러 왔다. 아이는 산만했다. 아이는 계속 무언가를 말했다. 독서에 대한 거부 의사를 표명하는 듯했다. 스포츠나 게임 등을 더 좋아하는 아이에게 무슨 독서지도일까? 참 힘들겠다는 생각을 했다.

부모는 완고했다. 지금까지 아이를 관찰하고 보살펴온 바로는 이제 독서밖에 길이 없다고 말했다. 아이에게 지금까지는 너무 자유로운 시간을 주었다고 했다.

아이가 하고 싶어하는 운동과 게임 등을 충분히 보장해 주었다는 것이다. 이제 마냥 방관할 수 없어 체계적인 독서지도를 하고 싶다는 것이었다.

두 시간 동안 독서 상담을 하며 '창의적인 독서법'에 대해 설명해 주었다. 독서는 혼자 하는 게 아니라 함께 하는 것이라고 설명해 주었다. 그러면서 내가 독서지도의 3요소로 여기는 아이와 지도교사와 부모님의 관계를 설명해 주었다. 이 3요소가 조화를 이룰 때 아이의 독서는 일취월장할 것이라고 했다.

먼저 부모가 달라져야 한다고 했다.

실제로 독서 상담 후에 부모가 아이를 대하는 태도가 달라졌다. 그러자 아이도 달라지기 시작했다.

지도교사인 나의 역할이 중요해졌다. 아이가 정서적으로 부족한 부분을 채울 수 있게 해주었다. 독서시간을 재미있게 만들어 주었고, 독서 후에 인물도 그리고 자연도 그리게 해줬다. 아이가 감성도 키우고 자신감도 채울 수 있도록 이끌어 주었다.

이런 경험들을 바탕으로 독서를 재미있게 하는 방법

을 제시해 본다.

첫째, 독서를 놀이처럼 시작하도록 하자. 처음에는 집약적으로 하지 말고 천천히 놀이처럼 스토리텔링으로 다가서보자. 이야기를 말하게 하거나 남의 이야기에 귀를 기울이게 하며 기분을 좋게 만들어 주자. 독서 지도를 놀이처럼 하다 보면 달라진 스케치 풍경을 맛보게 된다.

둘째, 독서 메모하는 습관을 배워보자. 메모란 기억하는 습관이다. 처음에는 메모하기가 어렵지만 자꾸 하다 보면 습관으로 만들 수 있다. 간단하게 독서 메모를 시작하면 좋다. 책을 읽은 날짜, 주인공 이름, 읽은 책에서 받은 교훈 등을 써 내려가면 좋다. 메모 훈련을 통해 창의력뿐 아니라 기본적인 인지능력과 사고력 발달을 준비하게 된다. 독서 메모는 혼자하는 게 아니라 독서라는 친구와 함께 한다. 유관순이 인물이라면 3.1 운동은 무슨 운동일까? 나라사랑은 어떻게 해야 할까? 일본은 우리나라를 왜 차지했을까? 유관순이 태어난

고향은 어디일까? 궁금한 부분을 간단하게 독서 기록
장처럼 메모하는 것이다.

셋째, 정독하는 습관을 기르자. 보통 아이들은 속독으로 읽는다. 정독은 속독보다 자기 정리가 잘 된다. 깊게 사색하는 것처럼 읽어 보는 습관은 또 다른 기대감을 갖게 한다. 아이들이 책을 읽고도 무슨 내용인지도 모르고 말할 때가 많다. 그래서 속독보다 정독을 권한다.

미래를 이끄는 21세기 아이들의 모습은 아름답다.
내 자녀가 웃으며 독서하는 모습이 펼쳐지길 기대해 본다. 행복한 가정은 행복한 웃음을 준비한다고 한다.

아이들은 부모들의 정서와 가치관을 토양으로 자란
다. 태어나 처음으로 음성언어로 만나는 사람이 엄마다.
아이들이 엄마와 접하는 스킨십은 최상의 언어다.
따라서 아이가 항상 행복을 느끼고 좋아해야 할 관계
가 엄마다.

0~6세 아이들은 노래로 책을 공감하고 받아들인다.
여러 놀이 활동을 통해 아이들은 습관과 가치관이 형

성되고 자아가 성장한다. 아이들 눈높이에 맞게 모빌을 통해 눈에 초점을 맞추는 것처럼 엄마와 아이들의 모습도 초점을 정확하게 맞추며 키워야 한다.

그림책을 통해 아이들의 정서가 발달한다. 스토리텔링으로 아이들의 눈높이를 즐겁게 해야 한다. 사람은 감정을 교류하며 살아간다. 따라서 아이에게 필요한 감정을 눈높이로 교류할 수 있어야 한다.

북극에 사는 북극곰은 식물을 먹지 않는다. 체지방 흡수에 도움이 되지 않기 때문이다. 추위를 이기기 위해 북극곰들은 지방과 단백질을 섭취해야 한다. 그만큼 환경이 중요하다.

현대 사회에서 아이들이 정서를 교감하고 살아가기에는 많은 환경들이 장애로 작용한다.

인터넷 사용은 편리하지만 무분별한 사용과 질서없는 선택으로 아이들이 병들어가고 있다. 어쩌면 지금 우리는 자연과 나누는 체험이 그리운 시대에 살고 있다.

스마트폰은 어떤가? 가족 간의 대화를 단절시키는 심각한 사회적 요인으로 부상하고 있다. 가장 가까이서 교류해야 할 가족, 이웃들, 친구들까지도 벽이 생기고 있다.

집에서 엄마와 함께 '생각놀이'를 하면 좋다. 간단한 사물을 정하고 그 사물에 대한 아이들의 행동과 표현을 지켜보는 노력이 필요하다.

아이들은 엄마의 사랑을 받고 싶어한다.

시간을 정해 '아이들과 함께 하는 놀이 시간'을 만들어 보자. 독서도 좋고 체험도 좋고 다양하게 참여하는 놀이 학습도 좋다.

아이들과 눈높이를 맞추는 연습을 해야 한다. 정서적 안정을 가져다주어야 한다. 동화책에 나오는 음성언어도 아이들에게 들려주고 따라서 해 보게 만드는 과정도 중요하다.

인간은 모방의 동물이다. 아이들은 모방을 통해 걷고 말하고 문자 놀이를 배운다. 놀이를 배우고 예술과 예절 같은 복잡한 삶의 양식들을 체득한다.

모방은 인간의 문화를 가르치는 최고의 수단이다. 유아기부터 엄마와 함께 생각놀이를 키워 온 아이들은 엄마의 모습을 절대적으로 모방한다. 따라하면서 행동 뿐만 아니라 생각과 사고도 닮아가는 것이다.

신경숙 작가는 선배 작가들의 글을 옮겨 쓰면서 작가의 반열에 올랐다고 고백한다. 모방을 통해 작가는 창조의 동력으로 삼아 자신의 작품을 완성 시킨 것이다.

가수인 신중현 선생님은 <비틀스>와 <지미 핸드릭스>를 모방하는 것에 그치지 않고, 국악을 록 음악에 접목하여 새로운 음악을 창조했다고 말한다.

철학자 아리스토텔레스는 말했다.

"인간이 다른 동물보다 우월한 이유는 모방을 통해서 배우기 때문이다."

엄마와 함께 생각 놀이를 독서로 시작하는 이유는 그림언어와 문자언어, 음성언어에 이르기까지 다양하게 상상력을 키워주는 역할이 있기 때문이다.

아이의 미래는 엄마와 함께하는 생각놀이, 바로 독서에 있다.

발표력을 키우기 위해서도 독서가 필요하다.

독서는 말하고 듣고 쓰고 생각하는 모든 능력의 원천이다. 다양한 독서 활동을 통해 자신감을 갖게 되고 그 자신감으로 발표력도 늘어나게 된다.

발표를 잘 하려면 독서정리를 잘 해야 한다. 독서 후에 주제를 분명히 찾아내고, 효율적인 글의 흐름을 이해하고, 정확한 메시지를 전달하는 독서정리를 하고, 독서토론을 통해 상대를 배려하는 발표를 해봄으로써 발표에 대한 자신감을 갖춰야 한다.

함께 하는 독서를 하다 보면 발표를 잘 하는 아이는 다음과 같은 특징을 보인다.

첫째, 발랄하다. 독서를 통해 자신감을 갖고 활발하게 자신의 주장을 제기한다. 발랄한 태도로 발표를 하다 보니 누구나 듣고 공감하는 장을 마련해 준다. 스스로 더욱 발표에 자신감을 갖게 되는 것이다.

둘째, 순수하다. 책을 통하여 깊이 있는 사색을 하고 사용하는 언어도 순화시켜서 사용할 줄 안다. 자신의 감정을 순수하게 전달할 줄 안다. 순수한 아이의 발언은 듣는 이에게 진실성을 느끼게 해서 집중력을 갖게 한다.

셋째, 잘 전달한다. 독서를 통해 자신의 생각과 사고력을 친구들에게 분명한 목적을 갖고 자신있게 전달한다. 독서는 간접 경험이다. 그 경험을 직접 경험과 다르지 않게 표현할 수 있어야 한다. 독서활동을 통해 독서 경험을 마치 직접 겪은 일처럼 생생하게 전달하는 경험을 자주 하다 보니 자신이 표현하고자 하는 바를 잘 전달하는 능력을 갖추게 된다.

넷째, 내적으로 충만하다. 독서는 캐면 나오고 또 들여다보면 새로운 게 나오는 보물 창고이다. 책을 읽으면서 감정을 다스리고 내용을 통해 배웠던 교훈과 마음으로 충만한 내면이 자신감으로 드러난다. 그 자신감이 발표를 잘 하게 만든다.

발표를 잘 하는 아이를 키우려면 부모의 배려가 필요하다. 올바른 독서 습관을 잡아주고 함께 하는 독서를 통해 평소에 수시로 자신의 생각을 표현할 수 있는 자리를 마련해 주어야 한다.

그리고 비법 중의 비법은 칭찬이다.

"잘했어!"

이 한 마디면 아이들은 힘을 얻는다.

아이가 발표를 했을 때는 비록 부족한 것이 보이더라도 일단 칭찬하고 보자. 그러면 아이는 자신감을 갖추게 되고 발표력은 저절로 키워진다.

아이들에게 독서는 성장판이다. 자라나는 키만큼 독서도 아이들의 성장을 돕고 있다. 상상력을 키우는 지적 호기심은 물론, 사고를 길러주는 뇌 발달에도 지대한 영향을 독서력이 갖고 있다. 문제는 이러한 독서활동을 가볍게 여기는 데서 비롯한다. 창의적인 생각은 세상을 바꾸는 지름길이다. 나이에 관계없이 창의력은 인성은 물론 다양한 지각을 일깨워준다.

행복한 자녀들의 독서지도법은 어떠한가? 집에서

힐 수 있는 행복한 자녀 녹서지도법을 살펴보자

그림언어로 시작하라

유아들부터 자라나는 아이들에게 그림언어, 즉 그림책은 매우 중요하다. 어려서부터 시작하는 그림책은 다양하다. 그림언어에서 눈에 초점이 시작하고 두뇌성장이 자란다. 유아기와 유치기를 거치면서 그림책은 다양한 메시지를 던져 준다.

세상과 나를 바로 잡아주는 길이 그림책이다. 공간과 시간을 알게 도와주고 사물인지는 물론 사람들의 생활을 가르쳐준다. 독서를 하며 아이들은 생각이 자라고, 인지능력이 자란다.

아인슈타인은 어려서부터 공부를 잘하지 못했다. 하지만 책을 통해 부단히 노력해 세계적인 물리학자가 되었다. 과학자가 된 아인슈타인은 학생들 앞에서 강의할 때 이런 말을 했다.

"지식이 중요한 게 아니라 상상력이 중요하다."

학생들을 지도하면서 공감하는 말이다.

이 말에는 매우 중요한 의미가 담겨져 있다. 지식도 필요하지만 가장 중요한 것은 마음껏 자신을 표현하고 그릴 수 있는 상상력을 발휘하도록 해야 한다는 것이다.

아인슈타인이 '상대성이론'을 발견할 수 있었던 것도 지식습득에 그친 것이 아니라 끊임없이 상상력을 발휘했기 때문이다.

그림 동화책에는 3요소가 들어 있다.

첫째, 상상력이다.

둘째, 사고력과 논리력이다.

셋째, 표현력과 사회적응력이다.

그림 동화책에 들어 있는 3요소는 아이들의 창조적인 생각을 이끌어 낸다. 내 아이가 뛰어난 독서력을 지니게 하려면 그림 언어로 독서를 시작하는 것이 좋다.

여러 그림책들을 읽어주고, 아이들과 공통점 찾기를 시도해 보자.

글에서 말하고자 하는 주제를 찾아본다.

다양한 그림책들을 선정하여 아이들과 놀이식 책읽기를 권장한다. 놀이식 책읽기로 먼저 아이에게 읽어주고 그 속에서 한 가지씩 놀이를 만들어 아이하고 해 보는 것이 좋다.

책을 읽고 스케치북을 준비해 활동북 놀이를 시작하라

스케치북은 아이들을 가르치는 독서수업 주재료다. 독서하며 공감하고 대화로 인물 동선을 따라가며 옮기는 작업이 스케치북을 이용한 정리 파트다.

창의력을 키우기 위해서는 일정한 정리가 필요하다. 책을 읽고 난 아이들에게 책 속의 그림 언어를 자유롭게 따라 그리기를 권장한다. 또한 읽은 내용을 생각하며 '상상그리기'를 시작해도 좋다.

아이들은 생각을 떠올리며 하나하나 스케치북에 자기 독서를 표현한다. 처음에는 힘들지만, 아이들은 금

세 따라한다. 흥미롭게 독서지도가 이루어진다.

♧ 아이와 함께 하는 스케치북 독서 그리기

- 단순하게 그려라.
- 주로 아이가 생각하는 단어를 옮겨라.
- 아이가 직접 그리게 하라.
- 사물들을 그려보고, 왜 그렸는지를 아이에게 물어 보라.
- 색연필을 통해 그림을 표현하라.

사고력과 행복한 내 아이 독서법의 첫째 요소는 바로 '생각하고 옮기는 독서지도'다. 올바른 독서지도는 아이들을 책과 놀이를 통해 쉽게 전달해 주는 일이다. 하루에 1권 이상씩 아이들과 책놀이 시간을 가져주면 좋다. 책을 읽어 나갈 때, 큰소리로 아이의 입을 보며 읽어주는 것이 중요하다.

독서지도는 엄마가 자녀의 마음을 열어주는 열쇠다.

일상의 습관을 통해 책을 알아가는 단계다.

간단하게 집에서 주제찾기/ 그림 표현하기/ 주인공 따라하기/ 스케치북을 이용해 매일 얼굴 그리기 등을 해보자.

엄마가 아이의 마음을 열어가는 최고의 기쁨을 맛볼 수 있다.

독서습관 키우기

현장에서 많은 학생들을 대하다 보면 저마다 독서의 차이가 있다는 것을 알 수 있다. 책을 읽어가는 속도나 반응은 각각 다르다. 독서속도는 결코 문제가 아니다.

가장 중요한 것은 독서 습관이다.

자녀가 독서하는 습관이 있다면 놀라운 자산을 보유한 가정이다. 부모가 자녀에게 책읽기를 가르치지 않아도 부모가 자녀에게 독서 습관을 보여주면 된다.

간편하게 신문 사설을 읽어 가는 습관이나, 간단한 시집들, 수필이나 소설 등도 얼마든지 활용할 수 있다.

독서 습관을 키우기 위한 3가지 방법을 소개해 본다.

첫째, 집중하고자 하는 태도다.

처음에는 집중이 어렵다. 하지만 책을 보면서 아이들이 집중하도록 자신만의 음성언어와 문자언어를 찾아야 한다. 의성어, 의태어를 구분하여 읽고, 무엇보다도 큰 소리로 책을 읽는 습관을 들여야 한다. 강약을 살려서 음성의 고저로 독서를 지도하면서 아이들의 태도를 바라볼 필요가 있다. 독서를 통해 자신만의 관심도를 체크해보자.

둘째, 호기심(질문)를 한 가지 이상 만들어라.

보통 가정에서 자녀들의 독서는 혼자서 읽어가는 모양이다. 혼자 독서하는 것보다 가끔은 가족들이 모여 서로 질문을 주고 받는 이야기식 독서를 시도해보자. 독서하면서 질문지를 작성하는 습관을 갖다보면, 자연스레 책읽기가 재미있어 진다. 궁금함을 가지고 어떤 사물과 독서를 하다보면 자연스럽게 호기심을 기를 수 있다. 어려서부터 가급적 호기심을 유도하는 독서법으로 이끌어 주어야 한다.

셋째, 그림언어를 살피면서 독서하자. 대부분 책을 읽어가는 아이들은 글자에 치중하고자 한다. 이것은 독서습관이 이루어질 때 가능하다. 보통 유아, 초등 시기의 독서는 그림언어가 대부분을 차지한다. 왜 그림을 그려 넣었을까? 그것은 이 시기의 독서법에는 절대적으로 그림언어가 독서 이해를 돕는데 큰 역할을 하기 때문이다. 역사나 인물 만화를 그려서 이해를 돕는 것 또한 그렇다. 가급적이면 또박또박 각 장마다 나오는 그림 언어를 그냥 지나치지 말고 문자 언어와 비교하면서 바라보아야 한다. 그림 언어는 아이들의 창의력 키우기에 적합한 종합 언어 예술이다.

독서는 습관이다. 하루에 단 10분을 독서한다 하더라도 위의 3가지를 유념해서 읽다보면, 자기도 모르는 사이에 달라진다.

아이들은 호기심이 많다. 어려서부터 보고, 듣고, 느끼며, 사물인지를 해가며, 아이들은 본능적으로 세상을 배워간다.

스위스나 스웨덴의 자녀교육 방식은 자녀들과 최대한 함께하는 시간을 많이 갖는다는 것이다. 자연 속에서 즐기게 하고 부모와 함께 스킨십을 유도한다. 부모는 아이들이 찡그리지 않도록 최대한 배려한다.

유럽 국가에서는 책을 사랑하는 아이로 만들고자 많은 노력을 기울인다. 핀란드나 독일에서는 어려서부터 독서를 놀이로 인식하게 만든다. 장난감에 글을 써 넣어 그것을 책처럼 읽게 한다. 억지로 읽히는 것이 아니라 아이가 스스로 호기심을 갖고 재미있게 읽도록 유도하는 것이다.

부모는 간혹 독서한 것을 가지고 아이와 대화를 이끌어 간다. 이것이 확장되면 독서토론의 장이 되는 것이다.

일본에서도 아이들에게 자유를 준다. 아이가 책을 읽어 달라고 하면 엄마는 그 어떤 말도 하지 않고, 설거지나 기타 일들을 제치고, 웃으며 책을 흥미롭게 읽어준다. 참으로 현명한 일본 어머니들의 독서법이다. 아이들은 독서가 공부를 위한 수단이 아니라 자신이 흥미를 갖고 부모와 함께 놀이하는 것으로 받아 들인다. 그렇게 자라면서 자연스레 독서와 친하게 되는 것이다.

부모는 마땅히 존중하는 태도로 내 아이를 양육해야 한다. 존중은 아이들에게 눈높이를 맞춰 그들이 스스로 책을 선택하도록 결정권을 주는 것이다. 아이들이 흥미를 갖고 다양한 체험식 학습을 할 수 있도록 이끌어 주는 것이다.

올바른 독서 방법 3단계

　효과적인 독서를 위해서는 무엇보다 스스로 준비하는 자세가 되어야 한다. 세종대왕이나 율곡이이처럼 독서가 자신을 돌아보는 기준이 되어야 한다. 선현들의 가르침을 알고 배워서 후대에 이르기까지 교육의 지침으로 독서가 다가와야 한다.

　올바른 독서 방법 3단계를 소개해 본다.

1단계 : 무릎 독서

아이를 무릎 위에 앉히고 읽는 독서법이다. 어려서
부터 아이들은 부모와 함께 책을 읽으며 스킨십이 필
요하다. 이때는 아이들과 눈 맞춤을 통해 자연스럽게
그림 언어를 중심으로 읽어 내려간다. 동일하게 아이
들에게 국한되는 독서법이 아니라, 어른들도 얼마든지
자연스럽게 무릎에 책을 두고서 독서하는 습관이필요
하다. 무릎 독서는 아이들과 정서적으로 부모와 교류
하는데 목적이 있다. 독서를 통해 따뜻한 정서의 교감
등 다양한 시너지 효과를 얻을 수 있다.

2단계 : 마주 독서

자연스럽게 아이들과 마주 앉아서 서로가 묻고 답하
는 형태의 독서법이다. 이 독서법은 유럽이나 선진국
에서 하고 있는 가정 독서법이다. 우리도 자녀들과 일
정한 시간들을 통해 집에서 책을 가지고 대화하며 토
론했으면 한다. 부모가 책과 연결된 독서를 이끄는데
장점이 있다. 아이들의 인지 수준을 끌어 올리고 더 나
아가서는 창의력을 키우는 효과가 있다.

먼저 책을 읽고, 그 책의 주제와 관련된 다른 책들을 찾아 읽으며 독서 범위를 점점 넓히는 독서법이다. 보통 독서할 때, 주제 찾기를 하지 않는 경우가 많다. 주제는 아주 중요하다. 정리하는 포인트라 할 수 있다. 주제를 인식하면서 독서하는 습관은 효과적이다. 분명한 독서 활용을 이끌어 사고력을 기를 수 있다. 독서는 자기계발이다. 누가 시켜서 하는 게 아니다. 스스로가 깨어서 자신을 알아가는 작업이 독서다. 융합 독서는 독서에서 가장 중요한 주제 찾기와 전문 지식을 습득하는 독서법이다.

AI 시대를 여는 기획특선

독서는 인생이다

초판 인쇄 | 2018년 08월 14일
초판 발행 | 2018년 08월 17일

지은이 | 오세주
펴낸곳 | 출판이안

펴낸이 | 이인환
등 록 | 2010년 제2010-4호
편 집 | 이도경, 김민주
주 소 | 경기도 이천시 호법면 이섭대천로 191-12
전 화 | 031)636-7464, 010-2538-8468
팩 스 | 070-8283-7467
인 쇄 | 세종피앤피
이메일 | yakyeo@hanmail.net

이 도서의 국립중앙도서관 출판시도서목록(CIP)은 서지정보유통지원시스템 홈
페이지(http://seoji.nl.go.kr)와 국가자료공동목록시스템(http://www.nl.go.kr/
kolisnet)에서 이용하실 수 있습니다. (CIP제어번호 : CIP2018021248)

ISBN : 979-11-85772-54-7 (03810)

가격 13,800원